BARIANI ORTENCIO

Ilustrações
SÉRGIO PALMIRO

O HOMEM QUE NÃO TEIMAVA

Coleção Jabuti Aventura

6ª edição

Conforme a nova ortografia

Editora Saraiva

Editora: CLÁUDIA ABELING-SZABO
Assistente editorial: NAIR HITOMI KAYO
Suplemento de trabalho: ROSANE LÍMOLI PAIM PAMPLONA
Coordenação de revisão: PEDRO CUNHA JR. E LILIAN SEMENICHIN
Gerência de arte: NAIR DE MEDEIROS BARBOSA
Finalização de capa: MAURO MOREIRA
Diagramação: MAURO MOREIRA
Produtor gráfico: ROGÉRIO STRELCIUC

Dados Internacionais de Catalogação na Publicação (CIP)
(Câmara Brasileira do Livro, SP, Brasil)

Ortencio, Bariani, 1923-
O homem que não teimava / Bariani Ortencio ; ilustrações Sérgio Palmiro. — São Paulo : Saraiva, 1998. — (Jabuti)

ISBN 978-85-02-02538-7

1. Literatura infantojuvenil I. Palmiro, Sérgio. II. Título. III. Série.

98-0040 CDD-028.5

Índices para catálogo sistemático:

1. Literatura infantojuvenil 028.5
2. Literatura juvenil 028.5

10ª tiragem, 2025

Editora Saraiva

Av. das Nações Unidas, 7.221 - 2º andar - Pinheiros
CEP 05425-902 – São Paulo – SP
Tel.: (0XX11) 4003-3061
www.editorasaraiva.com.br
atendimento@aticascipione.com.br

CL: 810111
CAE: 571376

O HOMEM QUE NÃO TEIMAVA

Coleção Jabuti Aventura

Editora Saraiva

BARIANI ORTENCIO

Apreciando a Leitura

■ Bate-papo inicial

Através de episódios curtos e bem-humorados, *O homem que não teimava* apresenta-nos o universo do autêntico caipira matreiro e filósofo. Caladão e aparentemente ingênuo, Vicente conquista nossa simpatia graças às suas sagazes estratégias e suas inteligentes — por vezes desconcertantes — respostas.

■ Analisando o texto

1. Em muitas situações descritas no livro, contrapõe-se a pretensiosa cultura do homem da cidade com a fina sabedoria do caipira. É o que acontece nos episódios relacionados. Explique como Vicente, em cada um deles, conseguiu "dar a volta por cima":

a) "Não teimava mesmo, não!"

R.: ______________________________

____

____

b) "O que enxergava muito e o que sentava demais"

R.: ______________________________

____

____

c) "80 cavalos de força!"

R.: ______________________________

____

____

d) "Sal e algodão"

R.: ______________________________

____

____

2. Em outras situações, é a ambiguidade, isto é, o duplo sentido das palavras, que provoca o riso. Aponte a frase ou expressão que promoveu a confusão nos episódios relacionados a seguir, indicando também os dois sentidos possíveis:

a) "Festa de quinze anos"

R.: ______________________________

____

____

b) "Cadastro de banco"

R.: ______________________________

____

____

e) "Uai, a gente vai, mas só que eu tou avexado de serviço, ando muito ocupado com umas empreitadas que eu peguei..."

R.: ____

____

7. O próprio narrador, para ambientar melhor o leitor, emprega expressões pouco utilizadas nas grandes cidades. Identifique algumas delas em pelo menos três diferentes episódios do livro.

R.: ____

____

____

____

Avaliação Pessoal

8. Segundo o livro, no confronto campo *versus* cidade, o primeiro sai sempre ganhando. E você, o que acha disso? Você conhece pessoas da roça? O que acha delas? Será que elas também saem ganhando sempre?

Diálogo entre textos

9. Você conhece Pedro Malasartes? Ele é um personagem famoso — em astúcia, equivalente a Vicente Carvalho. Suas aventuras já foram narradas em diversos livros; procure conhecê-las.

10. O filme *A marvada carne* (Brasil, 1985, direção de André Klotzel) traz uma interessante pesquisa linguística da região do interior de São Paulo. Além disso, mostra-nos hábitos, crendices e também a sabedoria do povo, de uma maneira bem-humorada e original. Não é um filme fácil de achar em locadoras, mas vale a pena tentar!

Pesquisa

11. Este livro também traz informações sobre algumas plantas, cuja utilidade é pouco conhecida por nós, embora faça parte do acervo da cultura popular. Entre elas, o autor cita o limão-china, bom para curtir pimenta; a vagem do jatobá, para fazer xarope contra a tosse; e a mandioca, cuja farinha dá um bom emplasto contra dor de barriga. Você conhece algum remédio caseiro feito com plantas? Faça uma pesquisa, consultando gente do campo ou pessoas mais velhas que ainda se lembram dessas preciosas receitas.

■ Redigindo

12. Alguns episódios do livro foram inspirados em histórias famosas. É o caso, por exemplo, de "Sal e algodão", baseado na fábula dos dois burros, de Esopo, e "Deus está certo", inspirado em "Américo Pisca-Pisca", de Monteiro Lobato. Agora é a sua vez: narre uma fábula conhecida, como "O rato do campo e o rato da cidade", de Esopo, ou uma piada que você tenha ouvido, usando como protagonista um caipira e como ambiente a roça.

Para qualquer comunicação sobre a obra, entre em contato:

SARAIVA Educação S.A.
Avenida das Nações Unidas, 7221 – Pinheiros
CEP 05425-902 – São Paulo – SP – Tel.: (0xx11) 4003-3061
www.editorasaraiva.com.br
atendimento@aticascipione.com.br

Escola: ______________________________

Nome: ______________________________

____

Ano: ______________ Número: ______________

SUMÁRIO

VICENTE CARVALHO

Vicente, quando está no seu sítio, é um roceiro boa-vida que vive no seu canto, calado e matutante, acompanhado do seu indefectível aparato de fazer os intermináveis cigarros de palha. Palhas bem escolhidas, que ele fica horas no paiol separando. Traz sempre, no bolso traseiro da calça, uma cabeça de palha. Palha lambida e entre os dedos, o canivete Corneta com a lâmina gasta, o torete de fumo legítimo de Bela Vista. E haja tempo para Vicente ficar na pachorra, até enrolar o palheiro, dar mais uma lambida para fechar o seu cigarro. Com a binga feita do fruto seco de jequitibá (árvore também conhecida por bingueiro) cheia de algodão queimado, um pedaço de lima de aço para chispar na pedra "fígado de galinha", pronto, está feito o fogo para o cigarro de Vicente. Soltar uma baforada, tapar o isqueiro, guardar os apetrechos, dar uma olhada para o mundo e... está pronto, apto para enfrentar as vicissitudes do dia.

Foi nessa hora que surgiram dois estudantes e pararam em frente ao seu rancho, onde o sertanejo se achava sentado no seu luzente tamborete.

Esses estudantes estavam de férias, sendo um da capital, convidado de Alcides, que, apesar de ser filho do dono da fazenda, vizinho de Vicente, tinha pouca ligação com ele.

— Bom dia, seu moço — cumprimentou o rapaz falante, de nome Marcolino. Alcides era calado e ficava só reparando. O roceiro tirou o cigarro da boca, olhou para cima, deu uma manjada no sol e respondeu:

— Não será boa tarde, não, seus moços?

— De acordo! Boa tarde, então!

— Boa tarde. Vamos entrar pra dentro, que entrar pra fora não tem jeito...

— Não tem mesmo, não, mas muito obrigado. Nós estamos apenas passando.

— Descansa um pouco. O sol tá muito quente...

— Como é mesmo o nome do senhor?

— Vicente.

— Só Vicente?

— Vicente Carvalho, seu criado...

— Vicente Carvalho?! Não brinca! O grande poeta santista, do *Deixa-me Fonte*?!

Vicente ficou sem saber, mas respondeu:

— Não sou esse, não senhor. Quer dizer, santista até que posso ser, porque sou da igreja dos padres, mas esse outro trem aí, eu não sei o que é, não...

— Ora, não saber quem foi Vicente Carvalho, o genial poeta de *Deixa-me Fonte*!

— Sim, senhor... Não sei, não.

— O senhor não tem família?

— Tenho não, senhor. Vivo só mais Deus...

— Tem água aí pra gente beber?

— Deus me livre se não tivesse. Deixar sem água um chegante é pecado que Deus não perdoa. Vamos entrar pra dentro. Se abanquem, sejam servidos, o pote tá aí no canto. A água foi recolhida de já hoje, tá fresquinha. Podem servir, não se acanhem não. É casa de pobre, mas é tudo limpo.

— Ninguém aqui é acanhado não, seu Carvalho.

— Se não é acanhado, então tem uma perninha no "c", né?

— Ora, ora, vejam só! O senhor é muito sabido, hein, seu Vicente? Está dando até lição na gente!

— É ... Dando tempo pra gente matutar, dá pra responder nos conformes.

Beberam, elogiaram a água e pediram, também, o que comer, aliás, só Marcolino pediu, que Alcides ficava só com aquela cara de riso:

— Seu Carvalho, a água estava boa, matou a sede, mas água não mata a fome.

— Mata mesmo, não.

— O senhor tem aí alguma coisa pra gente mastigar?

— Tem canjica, que fiz, tirei do fogo *indagorinha*.

— Canjica? Que bicho é esse, seu Carvalho?

— Uai, é canjica, não sabe não?

O filho do fazendeiro, acostumado, continuava a rir. Era a primeira vez que Marcolino, paulista, aliás, paulistano, saía da capital.

— Não sabemos, mas de qualquer forma irá muito bem, porque estamos com a barriga roncando; eu, principalmente.

— Como se diz, "quem tá perdido não escolhe caminho".

— É isso aí, seu Carvalho! Vamos à canjica, pessoal!

As panelas alumiavam de limpas e o roceiro trouxe uma tigela de louça, também reluzente, o que muito animou os estudantes a enfrentarem o prato sertanejo, milho cozido com leite, rapadura, amendoim torrado e socado no pilão. Ao serem servidos, o espirituoso Marcolino perguntou, fazendo cara de desdém:

— O que é mesmo isso, seu Carvalho?

— Canjica. Pode comer que é muito especial de boa.

— Afinal, canjica é feita de quê, seu Carvalho?

— Uai, de milho! Milho cozido.

— Ah, não! O senhor vai me desculpar, seu Vicente Carvalho, mas eu não como milho cozido!

— Uai, então quem vai me desculpar é o senhor, porque o milho cru acabou ainda hoje cedo no trato dos porcos e das galinhas.

METADE MINEIRO E METADE GOIANO

Vicente não é goiano, chegou de Minas ainda rapazinho. Nunca mais voltou, nem para passear, tão bom achou aqui em Goiás. Trabalhou quase sempre na roça, de carregador de boia, de enxadeiro, com salários diários, mensais, empreitos... Perambulou pela cidade fazendo servicinhos de limpa de quintal, foi ajudante de caminhão, toda espécie de biscate que aparecesse, porque o que ele sempre teve foi muita disposição para o trabalho (embora algumas pessoas não achem). Mas o que mais gostava mesmo era da roça. Lá ele se sentia em casa, no seu meio, seu hábitat, gente simples como ele, a companheirada, os pagodes mais animados do que os da cidade, enfim, a verdade entre gente simples. Na cidade, via malandro querendo passar os outros para trás. Em questão de dinheiro, então, nem se fala. O que dá é ladrão enfiando a mão na algibeira alheia, e ai se não tiver dinheiro, batem e até matam a gente. Na roça que é o bom do bom. Melhor não existe.

Vicente sempre teve as suas respostas na ponta da língua, não se sabe se ensaiadas ou mesmo no de repente, intuição. Um dia lhe perguntaram (aliás, deve ter respondido a essa pergunta diversas vezes):

— Vicente, o senhor é goiano ou mineiro?

— Sou metade mineiro e metade goiano.

— Como assim?

— Uai, eu quando vim de Minas pesava 30 quilos e agora tô pesando 60!

— Tá certo...

MICRÓBIOS

Vicente, quando chegou de Minas, veio sozinho, passou dificuldades. Sempre parava em frente à Casa Paroquial, mas isso no seu tempo de rapazinho. Depois, bem depois, não, ele já não era mais tão necessitado, já possuía um sitiozinho seu.

O padrão de vida das pessoas, ainda hoje, é revelado pelo lixo da sua cozinha. E se não fossem os micróbios, qual o problema em comer sobras milionárias? Micróbios?

Pedro Gomes, meu ex-professor de História no Liceu de Goiânia, dizia que não acreditava em três coisas: nota de 500 mil réis, mulher sem roupa, e micróbio, porque nunca viu! Assim se deu com Vicente. Ficava esperando o sacristão levar a lata do lixo, pois a concorrência com os vira-latas era grande. A Casa Paroquial, soberba, ficava numa esquina ao lado da igreja, na praça principal. Vicente ouvia o patrão falar que havia "comido como um padre". E, de fato, os restos de comida eram o atestado do velho refrão. E era tudo limpinho, apetitoso que dava gosto.

Um certo dia, o vigário, olhando pela janela, viu Vicente saboreando o seu rico lixo culinário. Zeloso da saúde dos seus paroquianos, desceu e foi ter com ele:

— O que é isso, moço? Comendo lixo? Vamos chegando que eu mando arrumar um café reforçado pra você.

— Bença, seu vigário... Não carece café não, eu já tou com a barriga cheia.

— Bem, mas da próxima vez bata aqui na porta que comida não faltará pra você. O lixo é perigoso, contaminado, está cheio de micróbios perniciosos à saúde. Micróbios causam infecções, doenças que podem até matar.

— Mas, seu Vigário, não é de hoje que eu como dessa comida aqui do lixo do senhor e eu nunca vi um micróbio...

O HOMEM QUE NÃO TEIMAVA

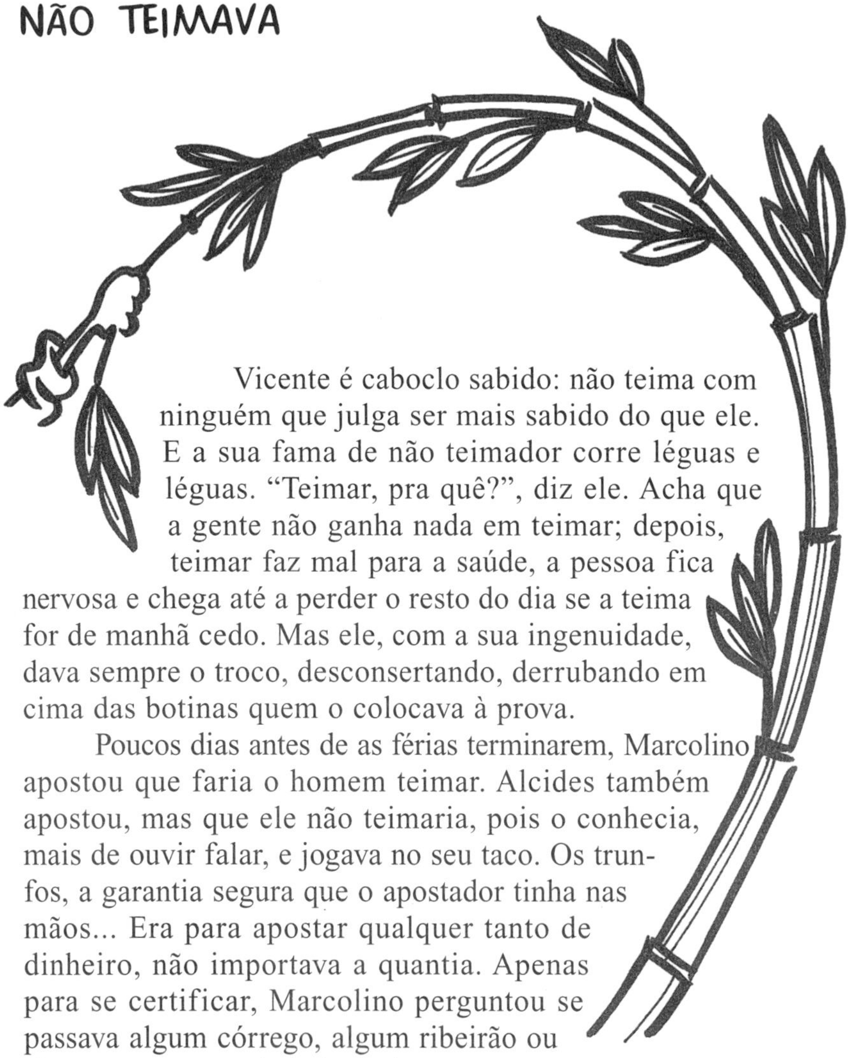

Vicente é caboclo sabido: não teima com ninguém que julga ser mais sabido do que ele. E a sua fama de não teimador corre léguas e léguas. "Teimar, pra quê?", diz ele. Acha que a gente não ganha nada em teimar; depois, teimar faz mal para a saúde, a pessoa fica nervosa e chega até a perder o resto do dia se a teima for de manhã cedo. Mas ele, com a sua ingenuidade, dava sempre o troco, desconsertando, derrubando em cima das botinas quem o colocava à prova.

Poucos dias antes de as férias terminarem, Marcolino apostou que faria o homem teimar. Alcides também apostou, mas que ele não teimaria, pois o conhecia, mais de ouvir falar, e jogava no seu taco. Os trunfos, a garantia segura que o apostador tinha nas mãos... Era para apostar qualquer tanto de dinheiro, não importava a quantia. Apenas para se certificar, Marcolino perguntou se passava algum córrego, algum ribeirão ou rio perto da propriedade do homem que não teimava. Alcides informou que dentro das proprias terras, no fundo do rancho, passava um ribeirão, por sinal, muito piscoso. Era jogar o anzol e trazer o peixe.

Foram. Quando chegaram, o roceiro já ficou cabreiro, pois tinha mais receio de estudante gozador do que de soldado de polícia e fiscal de impostos. Cumprimentos, perguntas simples sem compromisso, depois Marcolino entrou de sola, certo de pegar os cobres do amigo da aposta:

— Seu Carvalho, esse ribeirão que passa aí no fundo do quintal do senhor, ele corre pra que lado mesmo?

— Uai, corre aí pra baixo...

— O senhor está enganado, seu Carvalho! O ribeirão corre é pra cima. É um fenômeno absurdo, mas a realidade é essa: o ribeirão corre agora é pra cima e não pra baixo. Eu mesmo constatei, fui lá e vi.

— Sim, senhor.

— O senhor duvida que o ribeirão está correndo pra cima?

— É, até que pode tá correndo mesmo aí pra riba... Tudo hoje tá esquisito demais da conta... Também faz muito tempo que eu não vou aí no ribeirão... Pode ter acontecido, seu moço, de ele tá mesmo correndo aí pra riba.

NÃO TEIMAVA MESMO, NÃO!

O estudante perdera a aposta, mas não se conformou e jurou tirar a desforra. Falou com o amigo ganhador, o Alcides:

— Você sabe do que o seu Carvalho mais gosta na vida?

— De sopa. O cara adora prato de sopa; dessas de macarrão com caldo de feijão e carne moída, nem se fala! Meu pai, quando quer agradar ele, manda a minha mãe fazer uma sopa dessa.

— Mas por que ele gosta tanto assim de sopa?

— Ah, decerto é porque ele só come fritura e assado, alguma verdurinha refogada, arroz e mandioca, tudo coisa fácil, de pouco trabalho, e decerto acha fazer sopa mais custoso, que preguiça o homem parece que tem de sobra. Aliás, preguiça, nem tanto, mas manha...

— E você topa outra aposta?

— A hora que você quiser; quer dizer, se o homem é teimador?

— É claro! Quero acabar com a invencibilidade dele, quero quebrar o trono de ouro desse roceiro que quer fazer a gente de besta. Garanto que dessa vez ele vai teimar. Você dá conta de levá-lo pra cidade? Fala que nós vamos oferecer uma rodada de sopa muito especial pra ele.

— Não tem problema. Pra quando?

— Pra amanhã de tarde. Mas você vai ficar calado na mesa.

— Tudo bem!

O estudante paulistano combinou com a dona da pensão, contando o motivo da aposta; ela até receberia um dinheirinho. Instruiu-a em todos os detalhes. A mulher topou e achou que seria muito divertido.

Foram convidadas várias pessoas, todas já avisadas da aposta. De um lado da enorme mesa, colocaram Vicente entre quatro comensais. A cozinheira caprichou: sopa de macarrão, bastante caldo de feijão, muita carne moída, músculos e tabletes de carne de frango, além de muito cheiro verde. A terrina veio fumegante, fumaçante, aquela gostosura de fumaça cheirosa fazendo o homenageado engolir seco e ficar impaciente. A cozinheira deixou uma concha cheinha no prato do primeiro, outra no do segundo, pulou o Vicente, embora ele tenha até levantado o prato para receber a conchada; colocou uma outra concha para cada um dos demais. Todos gabavam a sopa, parabenizando a cozinheira, que ria satisfeita. Aí, ela se preparou para mais uma rodada e veio de terrina cheia, fumegando, exalando o maior perfume culinário que o pobre do Vicente jamais havia experimentado na vida. E tudo se repetiu, ela servindo a todos e saltando o pobre Vicente. Aí ele, muito educadamente, reclamou:

— Dona, a senhora não pôs sopa pra mim!

— Pus, como não? Vocês não viram que eu coloquei sopa no prato dele, igualzinho pra vocês?

Todos concordaram.

Então Vicente, entendendo a jogada, humilde e mais educado ainda, confirmou e pediu:

— Ah, foi mesmo! De fato a senhora pôs mesmo a sopa no meu prato. Mas a sopa tá boa demais da conta! Faz favor de pôr mais uma conchada, dona.

FESTA DE QUINZE ANOS

Vicente estava em Goiânia passando uns dias em casa de um estudante que esteve fazendo pesquisas folclóricas na sua região e que muito se interessou por ele, sabedor de muitas coisas e de geniais saídas. O estudante procurou igualar-se o mais possível com o seu informante, pois os informantes somente soltam a língua, contam tudo o que sabem, se ficarem à vontade, completamente integrados ao pesquisador. O microfone, nas pesquisas, oferece dois perigos: ou o entrevistado se inibe e não fala nada, ou fala demais.

O pesquisador levou Vicente a todos os lugares, de cinema até festinhas íntimas, vestindo roupas e calçando sapatos do rapaz, conforme o ambiente a que iam. Antes de aceitar tais ofertas, o matuto fez várias ponderações:

— Não adianta vestir essas roupas, seu Roberto.

— Não adianta, por quê? O senhor não conhece o ditado que diz que "a roupa é que faz o monge"?

— Não conheço, não senhor: também não tou de acordo porque com *nóis*, roceiros, é desse jeito: a gente vai no melhor alfaiate, manda fazer a melhor roupa, a mais cara; vai no melhor sapateiro, manda fazer a melhor botina, quer dizer, o melhor sapato; passa na loja, escolhe o melhor chapéu, põe na cabeça; veste a roupa do alfaiate, calça o sapato feito de encomenda no sapateiro e até aí, enquanto a gente tá parado, tá tudo certo. Mas quando *nóis* dá dois ou três passos, pronto! Todo mundo vê que a gente é roceiro.

Muito observador, sempre se admirava com tudo o que via e ouvia, dando algumas mancadas, mas também faturava sucesso com as suas observações e respostas das muitas perguntas que lhe faziam.

Num sábado, o moço estudante, pesquisador de folclore, recebeu um convite de um amigo para a festinha de quinze anos da irmã caçula, cujo *début* seria no clube local. E como brasileiro convidado sempre leva mais um, “onde come um, comem dois”, já diz o refrão, reconvidou Vicente:

— Sabe onde nós vamos hoje à noite?

— Não sei, não senhor...

— Vamos ao clube, numa festa de debutantes, a famosa festa de quinze anos. Vamos ou não vamos?

— Uai, a gente vai, mas só que eu tou avexado de serviço, ando muito ocupado com umas empreitadas que eu peguei e não posso ficar na festa mais do que uns três dias. Quinze anos não vai dar pra ficar não, seu Roberto...

CADASTRO DE BANCO

Vicente era amigo do seu vizinho fazendeiro, muito influente na política regional e que por isso tinha carta branca no Banco do Brasil. Vendo as dificuldades financeiras do vizinho sitiante, aconselhou-o:

— Vai ao Banco do Brasil, rapaz; o banco está soltando um dinheirão aí pra todo mundo com esse negócio do zebu.

— Quá, eu tenho muito medo de banco, doutor. Banco é muito perigoso.

— Perigoso nada, vai lá e tira o dinheiro, fala no meu nome com o gerente. Só que eu não avalizo ninguém, o gerente sabe disso. Não avalizo e nem peço aval.

— Sim, senhor.

Vicente, depois de matutar bastante, foi e disse ser amigo e vizinho de cerca do doutor:

— Perfeitamente — disse o gerente. — Sente-se aí. Um cafezinho aqui para o meu cliente. O senhor trouxe os documentos, a relação dos bens para fazer o cadastro?

— Não, senhor, eu não sabia que tinha precisão...

— Pois bem, então vamos adiantar o serviço. Vou fazer umas anotações principais e depois o senhor traz os documentos, certo?

— Sim, senhor.

— Bem, o senhor é vizinho do nosso amigo, não é verdade? Qual é a área da fazenda?

— Coisa pouca... Beirando os mil alqueires.

— Muito bem. E quantas cabeças de gado?

— Pouca coisa... Fica perto de três mil cabeças.

— O gado é bom? De que raça é?

— É zebu, tudo de uma cor só, tudo bem aparelhadinho que é uma beleza.

— Ótimo, ótimo! E quanto dinheiro o senhor quer levantar?

— Tou precisando duns vinte contos.

— Vinte mil reais?! Só isso?! O que é isso, meu amigo! O senhor vai levar cem mil. Leva a promissória, pega o aval...

— Aval? Eu não sei o que é aval.

— Aval é um endosso, uma pessoa com bens e que assina nas costas da promissória, ficando tanto responsável do pagamento quanto o senhor.

— Não, senhor. Eu não boto o meu nome na cacunda de documento de seu ninguém nenhum; por isso eu também não peço pra ninguém botar pra mim. Se o senhor achar que só a minha assinatura vale, eu aceito. Do outro jeito, eu dispenso e agradeço o senhor por ter me tratado tão bem.

— O que é isso, cliente! Assina aqui e leva logo o dinheiro. A importância é pequena, o banco vai fazer o seu empréstimo mesmo sem avalista. Depois o senhor traz os documentos.

Vicente separou os vinte mil de que precisava, aliás, precisava, não, mas fora incentivado a comprar gado pelo seu amigo fazendeiro. Nunca vira tanto dinheiro de uma vezada só. Os oitenta restantes ele pôs a juros com o seu Juca, agiota, jurinho alto, para ter o dinheiro no vencimento, com medo de perder o sítio para o banco como tinha visto acontecer com muitos outros.

Passados uns dias foi ao banco levar os documentos para fazer o cadastro. O gerente o recebeu, efusivamente, e convidou um amigo que estava na agência para conhecer um homem inocente, um roceiro honesto:

— Venha conhecer um homem que você pode até achar que é bobo. O homem tem uma fábula em terras e gado e só pediu vinte mil reais. Dei cem para ele!

Quando o gerente pegou a escritura, reclamou surpreso, o amigo assistindo:

— Espera aí! O senhor me falou que tinha mil alqueires de terra e aqui só tem vinte!

— Eu não falei pro senhor que eu tinha mil alqueires de terra. Eu falei que as minhas terras eram coisa pouca e que beiravam os mil alqueires que, de fato, o meu vizinho, que é muito amigo do senhor, tem. Ele é que tem mil alqueires.

— Quer dizer que o senhor também não tem três mil cabeças de gado?

— Quem sou eu, moço! Eu falei que o meu gado era pouca coisa e que ficava perto de três mil cabeças. Quem tem três mil é ele, o meu vizinho. Eu só tenho vinte e seis.

O gerente, desapontadíssimo, ainda mais na presença do amigo que convidara para ver um roceiro inocente, disse:

— Tudo bem. Vamos aguardar o vencimento, espero que o senhor seja pontual com o banco.

— Sim, senhor. Se Deus quiser. O dinheiro pra pagar o banco já tá reservado desde hoje com o seu Juca.

Quando Vicente saiu, o gerente virou-se para o amigo e perguntou, chateado:

— Você já viu roceiro bobo?

— Roceiro bobo, nunca vi, mas gerente de banco...

AVIÃO ATOLADO

O fazendeiro, seu vizinho, arou uns cinco alqueires de boa terra, desterrou e gradeou, esperando as primeiras chuvas de setembro. Naquele tempo, começava a chover no dia 7 de setembro; no dia 8 já se plantava o milho. Um avião de carreira, DC-3 da VASP, sofreu uma pane, e o piloto, depois de muito malabarismo e prática, conseguiu aterrissar no terreno arado. Aconteceu que o avião deslizou e foi parar na parte baixa, margem do ribeirão, onde as rodas atolaram até o bojo do bicho encostar no brejo. Naquele tempo, ver um avião grande de perto não era coisa admissível. Lembro-me de que, em 1932, durante a Revolução de São Paulo, um aeroplano pequenino, vermelhinho, foi xeretar nos céus de Uberaba, em Minas, ganhou uma rajada de metralhadora e veio aterrissar também num terreno arado lá na minha terra, Igarapava. Foi um enxame de gente que não teve contagem. Imagina um DC-3, apelidado de "Fordinho 29 do ar", pois nunca havia caído nenhum em todo o território nacional, fazer aterrissagem de emergência em pleno sertão. Era gente a pé, a cavalo, de carroça, que chegava de todas as bandas. O comandante analisou o terreno e viu que daria para levantar voo muitíssimo bem. O reparo do avião era simples, a tripulação mesmo faria. Era só desatolar o passarão de alumínio e arrastá-lo com umas juntas de bois lá para cima. Nisso, todas as máquinas (automóveis) particulares e de aluguel estavam se dirigindo para o local, pertinho do rancho do Vicente.

Atendendo ao pedido do comandante, muita gente foi buscar ferramentas, enxadas e enxadões para desatolar o bruto. Vicente não se mexeu para nada, não arredou o pé de baixo da aeronave. E naquela labuta de todo mundo ajudar, cavuca daqui, cavuca dali, sob as ordens do comandante, Vicente concordando com meneios de cabeça, mas sem mover um nada para ajudar. O homem falava: "Cuidado, pessoal, que avião não é caminhão, não!". E no ir de cá e no vir de lá, tanto o comandante como os outros tropeçavam e topavam com Vicente que, encantado, não fechava a boca admirativa, mas não dizia, nem fazia coisa alguma. De vez em quando ele recebia umas indiretas, como "quem não trabalha, atrapalha!", mas não desconfiava, não tinha desconfiômetro, e não saía do lugar. O pessoal trabalhador estava naquela azáfama, uns querendo mostrar mais vantagem do que outros. Teve uma hora em que o comandante se encheu da indolência de Vicente e gritou para todo mundo ouvir:

— Nunca viu avião não, moço?

No que Vicente respondeu, também alto e bom som, fazendo todo mundo gargalhar:

— Atolado não, senhor!

ESSA ESTRADA VAI PARA A CIDADE?

"Governar é abrir estradas."
Washington Luiz, ex-presidente do Brasil

De fato, não há nada melhor para valorizar terras do que boas estradas. Abrir estradas e construir pontes. A estrada, ou rodagem, como dizem, é o elo que liga a produção agrícola ao consumidor. Quem tem boa estrada escoadora se orgulha dela.

Vicente, muito ingênuo, soltava cada uma que dava gosto. Poderia ser classificado de um homem antológico. Tinha umas respostas das mais perfeitas filosofias do povo simples da roça. Eram umas de deixar a gente pensando. Como saía com tamanha ingenuidade e tanta graça? E não rabiava toco: eram respostas curtas, rapidíssimas, cheias de verdade e de ironia, mas despretensiosas. Sempre mais cuidadoso com gente da cidade, principalmente depois que foi roubado no dinheiro das mandiocas, como veremos depois. Não se sabia se simplicidade ou velhacaria, mas mesmo sendo velhacaria, a roupagem era simplória. Despertava interesse e confiança nas pessoas quando abria a boca soltando uma das suas, muitas delas antológicas, como disse, sendo prova disso o relato que se segue:

Num sábado ele estava na porta da venda à beira da estrada, quando parou um carro de gente fina, desguaritado, perdido por causa das inúmeras encruzilhadas sem placas indicativas. Já perguntei a vários prefeitos por que não as colocavam nas encruzilhadas, nas bifurcações, e todos responderam que todo mundo sabia para onde ia e não era necessário gastar dinheiro com placas. Bem, aí o dono do carro perguntou ao Vicente:

— Moço, essa estrada vai para a cidade?

— Num tou sabendo não, seu doutor, mas se ela for pra cidade vai fazer falta demais da conta pra *nóis* aqui!

PIMENTA MANSA

Vicente vivia de pequenos expedientes e inúmeras pequenas plantações cultivadas nos seus vinte alqueires de chão. E ia ao comércio vender a sua pequena produção. Não gostava, não se dava bem com os atravessadores. Também era assim: levava apenas um produto de cada vez. Não possuía banca nas feiras, mas por se tratar de um produto somente, os fiscais não se importavam com ele, que colocava a sua mercadoria na calçada, nas entradas das feiras. Tinha pavor de pagar impostos, fosse lá o tanto que fosse.

Nesse dia estava Vicente com os seus litros, meia dúzia deles, cheinhos de pimenta-bode, vermelhinhas, que dava gosto ver, mas sem líquido nenhum para curtir. Era um feirante diferente dos outros, pois não colocava as pimentas em conservas, somente *in natura*. O freguês, orientado por ele, é que escolhia como conservar. Se o cliente pedisse e pagasse adiantado, então fazia a conserva e trazia do sítio. Encomenda sem dinheiro, prejuízo na certa. Segundo ele, gente da cidade não tem palavra: encomenda, mas se achar mais barato, não vem buscar. Recomendava a curtição das pimentas com água, sal e caldo de limão, de preferência limão-china; soro de mandioca (manipuera), quando faz o polvilho; e água com sal ou salmoura (como gostava de dizer); muito bom, também, óleo de cozinha e sal; vinagre, também era bom. Explicava: pimenta curtida no óleo tira o gosto da pimenta e só fica a fortidão no óleo.

Chegou uma madame, namorou todos os litros limpinhos, transparentes, cheios de pimentas, especulou até quase encher a santa paciência do feirante e, para fechar a conversa, que o pobre roceiro já estava com medo de ficar impaciente, perguntou:

— Mas essas pimentas não são brabas, não?

— Braba nada, dona. São mansinhas, mesmo. Coloquei todas dentro desses litros, numa boa, não deu trabalho nenhum, não senhora. Essas pimentas são mansas, mansas, mansinhas, mesmo... Pode levar que eu garanto.

O ANIMAL COM O RABO ONDE TERIA DE TER A CABEÇA

Num sábado, Vicente, apurado o dinheirinho da venda de mandioca na feira, deu fé: cadê o dinheiro? Tinha certeza de que colocara no bolso traseiro, pois sempre achou que ali, apertado, era o lugar mais próprio para conduzir dinheiro, lugar da sua sensibilidade. No bumbum dele ninguém bulia: era triscar e ele perceber.

Mas como foi que aconteceu isso, meu Divino? E agora? E agora, Vicente? Como passaria a semana sem aquele rico dinheirinho? Tinha de tirar a desforra. Ah, isso tinha!

Sabia que dinheiro de trouxa é matula de sabido, mas não se considerava um trouxa. Simplório, porém esperto até demais da conta. Tinha de dar o troco! Ah, isso tinha! É só roceiro chegar na cidade que os malandros ficam em cima. Teria de tirar a desforra e era com esse povo metido a sabido, da cidade.

Astuciou um jeito. Conhecia um beco entre dois muros no centro do comércio, trecho em que quase não passava ninguém, os fundos chegando à beira do córrego, calhando, vindo a propósito para o que imaginara. Levou a sua égua para lá, ainda com as bruacas vazias da mandioca vendida, e amarrou a égua ao esteio de aroeira fincado na beirada do muro. Plantou-se, de pé, na entrada do beco e pôs-se a anunciar: "Vem ver o animal que tem o rabo no lugar da cabeça. Paga só um real!". Não faltaram os curiosos e muitos queriam detalhes, mas ele respondia: "É pagar e conferir. Se não for verdade, recebe o dinheiro de volta e em dobro. Sou homem da roça, honesto até debaixo d'água".

Chegou a fazer fila. E ele foi embolsando os cobres, sempre tendo o cuidado de não colocar nem um real na algibeira de trás. Só ficava cabreiro, esperando, com medo de alguém voltar e estragar o seu pesqueiro. O caso é que ninguém voltava, pois ficavam envergonhados de terem caído na lábia do caipira e se retiravam de mansinho, beco afora, para que ninguém os visse.

Pois Vicente, muito honesto, não mentiu. Apurou uns bons cobres e ficou no toco até que mais ninguém se interessasse.

Foi lá, soltou o rabo da égua amarrado no esteio e seguiu satisfeitíssimo para o seu sítio, com a honra lavada e o bolso cheio de dinheiro.

REMÉDIO RUIM PRA TOSSE

Vicente, descrente da sua sabedoria de médico-alternativo, raizeiro, quase se arrebentando todo de tanto tossir, não lhe valendo os muitos xaropes que tomava e que também receitava para os outros, decidiu, contrariado, ir a uma farmácia comprar um remédio alopático. Vicente fazia e dava para os outros xarope da vagem do jatobá, que era um porrete, mas para ele foi o mesmo que tomar um copo d'água sem ter sede. Muito apegado ao seu rico dinheirinho, só comprava remédio de farmácia em último caso. Custou muito a encontrar uma farmácia, um estabelecimento que mantivesse na fachada o nome FARMÁCIA. Ouvia sempre falar das campanhas contra as drogas e da perseguição que a Polícia Federal fazia ao narcotráfico, procurando prender os traficantes. Em DROGARIA ele não entrava. Deus que o livrasse de drogas e de tudo o que lhe fosse relativo.

Finalmente, encontrada a farmácia, namorou os muitos frascos e as muitas caixinhas, todas com nomes estrambólicos, longe do alcance do seu conhecimento, mas as examinava com o máximo interesse, tudo na astúcia da qual ele era mestre, para mostrar conhecimento e sagacidade, a fim de não ser passado para trás. Sabia que otário não tem vez na cidade, e dinheiro de trouxa é matula de sabido. O balconista já estava impaciente, acompanhando todos os seus passos, todos os seus gestos. Assim que o terreno ficou preparado, bem propício, Vicente fez o pedido:

— Tou procurando por aqui e não tou encontrando um remédio ruim pra tosse.

— Ruim pra tosse? Temos muitos produtos aqui, mas bons, ótimos pra tosse. São remédios que são bons também, além da tosse, bom pra bronquite, bom pra coqueluche...

— Uai, moço, se o remédio é bom ou ótimo pra tosse, como o senhor falou, ele não vai me servir de jeito nenhum. O remédio tem que ser bom é pra mim, mas ruim demais da conta pra desgraçada dessa tosse que tá querendo acabar comigo...

O QUE ENXERGAVA MUITO E O QUE ESCUTAVA DEMAIS

Vicente se gabava de escutar demais da conta; enxergar, nem tanto, mas escutar... Um dia topou com um homem da cidade, que havia comprado uma fazendola vizinha do seu sítio. O homem perguntou se ele poderia acompanhá-lo num giro pelas terras, que ele, o comprador, conhecia pouco. Desejava ver e conferir as divisas, essas coisas. Gente da cidade é assim, não dá o braço a torcer e não quer ficar por baixo. Sabe que os roceiros são matreiros e se bancar o mole é passado para trás. E durante o giro, que fizeram parte a cavalo e parte a pé, o novo fazendeiro ia se gabando de enxergar muito, mas muito mesmo. Era capaz de avistar um mosquito a quilômetro de distância. Vicente ficou só assuntando, concordando, sempre muito educado, como é o feitio de todo roceiro:

— Comigo, seu Vicente, é enxergar mesmo; nem binóculo pode comigo.

— Sim, senhor, mas eu pra enxergar não sou lá essas coisas, mas pra escutar, tou sozinho; um mosquito nesse quilômetro de distância que o senhor falou e que enxerga ele, sou capaz de separar o macho da fêmea e escutar o zumbido das asas dele.

O companheiro raspou a garganta e viu que estava falando demais, pois um argumento de diferenciar sexo de mosquito e ainda o batido de asas poderia ser gozação em reprimenda. Mas não foi nada, não. Foi provando devagar, sempre mostrando alguma coisa a grande distância, que o Vicente concordava. Num dado momento, assim que saíram de uma curva do caminho, o homem avistou lá no fim, um quilômetro bem calculado, se não era mais, e anunciou:

— Olha lá um homem tirando leite de uma vaca malhada; ele tá agachado, nem tá usando o banquinho de um pé que tá de lado.

— É verdade, tou escutando o chiado da botina dele.

E foram andando com os olhos fixos na tarefa do leiteiro.

— Opa, opa! — parou o homem e falou. — Caiu um cabelo do pelo da vaca no balde de leite!

— É mesmo! — concordou Vicente. — Eu escutei o barulho!

AS CAIXAS ESTÃO PESADAS?

Vicente só trabalhava no seu sítio, assim mesmo serviço de produção pouca, porque sozinho, sem família, não via por que produzir além do necessário para a sua manutenção e para as pequenas vendas que fazia na feira da cidade. Trabalhar para os outros, só em mutirões e traições, que ele, inclinado em uns recortados de viola, era bom palmeiro e sapateador de catira.

Mas uma vez não conseguiu vender duas quartas de batata-doce que levara à feira e contava com aqueles cobres. Passando perto da Estação da Estrada de Ferro, foi convidado para ajudar a descarregar um caminhão com caixas de latas de manteiga de leite. Viu nisso a compensação, o dia não ficaria perdido, as batatas não se estragariam até a próxima feira. Ele só vendia na feira, que oferta de porta em porta era o preço que o freguês quisesse pagar, porque "frango na manguara não tem preço". Afrouxou a barrigueira da égua e a deixou solta no largo da Estação, onde vicejava um exuberante capim-jaraguá. Tratou o preço, recebeu as devidas explicações e começou a ombrear as caixas. Quanto mais caixas carregasse, mais ganharia. Tirava as caixas do caminhão, levava até o conferente da Estação para pesá-las e dali para o vagão do trem de ferro, pois a composição de carga aguardava apenas esse carregamento para partir. O serviço, com mais dois carregadores, estava sendo rápido, o patrão lá de cima, apertando, mandando pegar mais caixas e andar depressa.

Vicente, forte e decidido, jamais ficava atrás de quem quer que fosse; tinha um certo orgulho. Mas como ele carregava mais caixas do que os outros dois, ia arcado para a balança, quase correndo. Aí um senhor que o conhecia e que gostava de tirar um sarro, vendo-o quase achatado debaixo das caixas, fez uma pergunta bem indiscreta:

— Como é, Vicente, essas caixas estão pesadas?
— Ainda não, senhor! Vou pesar elas agora!

ISSO TUDO É FRIO?

Frio, no nosso sertão, era coisa que ninguém dava notícia, usando varandas para colocar as redes de dormir ao ar livre. Mas depois que o homem começou a mexer, fuxicar o mundo, afrontar a natureza, estragou tudo. Agora, então, embananou mesmo: frio e enchentes no Nordeste, e o Sul sofrendo as piores secas. O *Homo Sapiens* está cutucando a onça com vara curta, e isso é um perigo. Já viu os furacões, com nomes bonitos de gente, varrendo, destruindo tudo por onde passa aí na América Central? E os terremotos, os aguaceiros? Os vulcões não estão saindo dos seus quietos e soprando fogo? É o fim do mundo, será?

A região onde Vicente vive é de clima bom, quente, somente uns friozinhos lá pelas noites de junho, quando se contam causos assando batata-doce, torrando amendoim e arrebentando pipoca nas fogueiras. Fica por conta dos santos juninos, o aquecimento dessas esparsas noites de frio. O maior responsável é o quentão, apregoado assim: "Olha o quentão! Ele é quente, mas é bom!".

Acontece que num certo dia chegou uma onda superfria vinda das bandas da Argentina e colocou todo mundo na toca. Agasalhos "nunca dantes usados" saíram das arcas e dos baús. Quem não tinha, e tinha dinheiro, se arranjou, mas quem não tinha agasalhos e também não tinha dinheiro, se enrijeceu. Vicente conseguiu ajuntar uns cobertorzinhos "sapeca-negrinho", uns baixeiros, mais uma capa velha, se enrolou todo em todos e, como um gato embrulhado, um pacote ambulante, foi para a feira da cidade. Assim que desceu da égua, em cuja cabeça do arreio levava uns pares de frangos dependurados, com os braços cruzados, tiritando de frio, alguém, esfregando as mãos, fazendo-se de durão, perguntou:

— Isso tudo é frio, Vicente?

— Não, um bocado é cobertor!

ESPOSA DE JESUS

Vicente era muito temente a Deus. Não muito rezador, mas tudo com ele era no "se Deus quiser" e "graças a Deus". Católico, porque nascera católico. Não criticava, respeitava todas as outras religiões. Todas elas são boas, sabia. Tinha um respeito tremendo pelas igrejas, pelos padres e pelas freiras. Persignava-se ao passar em frente a qualquer igreja, mesmo não sendo a sua, católica. Beijava a mão dos vigários e nunca teve coragem de conversar com uma freira, que a sabia sagrada. Padre era homem, como ele, só diferençando na batina e na santidade que o padre é santo, e ele, Vicente, era um pobre pecador, segundo o seu entendimento.

Um certo dia, que sempre tem aquele dia, Vicente recebeu, em seu rancho, uma freira que estava a cavalo angariando donativos para a ampliação do colégio, colégio este que possuía uma área reservada às moças pobres, empregadas domésticas, que não podiam pagar os seus estudos. A freira, uma madre, gostou muito do acolhimento no rancho do Vicente, comeu canjica e bebeu água fresca do pote. Ele fazia tudo para agradá-la. Se não tinha filhas que pudessem ser empregadas domésticas, nem empregada doméstica ele tinha no seu rancho, iria contribuir assim mesmo. A madre se admirou muito por ele viver sozinho, no abandono conjugal. Homem do campo precisa ter esposa, dizia ela. E mostrando-lhe a aliança no dedo, disse-lhe:

— Até eu sou casada, olhe aqui!

— A senhora não é freira?

— Sim, sou freira.

— Padre eu sei que não pode casar, mas freira pode?

— É lógico que pode! Mas casar com Jesus. Eu sou esposa de Jesus.

Daí em diante a madre tornou-se toda encanto para os olhos de Vicente. Ele não deixava de olhá-la, admirando-a.

Então a irmã perguntou-lhe:

— Ficou admirado por saber que eu sou esposa de Jesus?

E Vicente, cada vez mais de boca aberta, admiradíssimo, exclamou:

— Esposa de Nosso Senhor Jesus Cristo?! Mas como a senhora tá conservada!

80 CAVALOS DE FORÇA!

Vez ou outra Vicente usava a sua carroça de varal, quando a carga passava de duas bruacas. A égua, sempre a égua, montaria e tração. Além do transporte da sua própria mercadoria, ainda fazia alguns fretes.

Lá ia indo, numa manhã, com a carroça e a égua, rumo à cidade, quando encostou, emparelhando com ele, um automóvel vermelho, novo, todo lustroso. O chofer, talvez um novo rico, estava entusiasmadíssimo com o seu carrão e parou, justamente para fazer uma gozação.

— Bom dia!

— Bom dia...

— Como vai a sua tia?

— Tá na rua da Palha fazendo folia... — Vicente tinha a mania, vez ou outra, de responder trovando, ele que gostava de cateretê e era seguidor de folias.

— O seu carro só tem um cavalo? — brincou o homem.

— Nem um cavalo, não tem. Só tem uma égua...

— Então o seu carro não tem nem um cavalo de força? Nem um HP?

— Não tem, não senhor. Só tem uma égua mesmo...

— Pois o meu tem 80 cavalos, 80 HP! Olha só a arrancada do bruto!

Engatou a primeira e saiu rodopiando, jogando cascalho para trás e poeira na cara do carroceiro. A estrada tampou de poeira. Vicente, ao invés de achar ruim, um desaforo, ficou foi encantado com a potência do carro:

— *Viche* Maria!

O carro desapareceu. Depois a poeira foi assentando, e Vicente seguiu devagar com a sua carroça, a égua no seu ploc, ploc, ploc, onomatopeico. Quando andou regulando uma légua, na passagem do córrego, que a estrada passava no vau, viu o carro do homem mergulhado, com a frente afundada, afogado, a água entrara no carburador, o motorista já tinha acabado com a bateria de tanto dar partidas, em vão. Aí foi o carroceiro Vicente que se emparelhou com a sua carroça, pois o carro entrara mais embaixo, fora do lugar de passar. O gozador ficou olhando sem graça. Ia pedir para o amigo providenciar umas cordas e uma junta de bois para arrancar o veículo de lá, mas não teve tempo, porque Vicente perguntou primeiro, irônico e vingativo:

— Tá dando água pra tropa, seu moço?

E seguiu viagem.

MORREU COMO UM PASSARINHO...

Vicente parou para ver um ajuntamento de pessoas numa calçada, beirando o muro. Pôs-se a reparar. Era um homem que estava sentado, e pelo jeito, como os outros falavam, estava morto, embora sentado no chão. Todo mundo chegava e perguntava:

— Morreu?

— Morreu.

— Do que ele morreu? Me conta!

— Não sei, ele tava quietinho, de certo sentindo alguma coisa, e morreu como um passarinho — comentava uma senhora, a última pessoa que o viu ainda com vida.

E iam chegando curiosos e perguntando, um passando para os outros, todos concordando que o homem morrera como um passarinho, baseados na conversa da mulher.

Vicente estava assustado, pois nunca vira uma pessoa morta ou para morrer, assim no meio da rua. Foi chegando, foi ajuntando gente e, poucas horas depois, parece que a pequena cidade estava toda ali, todo mundo perguntando, querendo saber, uma curiosidade sem tamanho. Quem era, quem não era, como morreu? Foi de repente ou custou a morrer? Vicente ficou com aquilo na cabeça. Todos falavam, desde o comecinho, quando ele chegou e ainda não havia quase ninguém, que o homem morrera como um passarinho.

Até que chegou a vez dele de ser arguido:

— Tá morto, moço?

— Tá, sim senhora.

— Do que ele morreu?

— Acho que deram uma estilingada nele...

CONSOLANDO VIÚVA

Velório é coisa boa para se dar uma chegadinha, tomar um cafezinho, servir-se de umas quitandas, até uma pinguinha na friagem da noite... Boas piadas também saem nos velórios. Vicente, antes de ir para o sítio, parou numa casa pobre, da periferia, sabendo ter ali um velório. Não havia comido nada ainda e viu ali um jeito de quebrar o jejum sem gastar dinheiro. À noite iria para casa, que medo de defunto ele não tinha, se bem que teria de passar pelo cemitério e por mais três encruzilhadas, com algumas gameleiras no caminho, sabendo que gameleira é a figueira, onde empoleiram os capetinhas nas noites de sexta-feira, uma árvore amaldiçoada por Nosso Senhor Jesus Cristo quando andou vivo pelo mundo.

O homem morto havia se suicidado e a viúva estava inconsolável. Como sempre, foi chegando gente e mais gente, a casa se entupindo de gente; gente pela sala do velório; as pessoas mais íntimas pelos quartos; a cozinha cheia de gente e os arredores da casa, também; o quintal e a frente da rua. Era gente para não acabar mais. As qualidades do morto foram enaltecidas, muitos casos relacionados foram lembrados, contados. Isso tudo causava ainda mais dor na pobre da desconsolada viúva, mas viúva provisória, segundo os entendidos, que a viúva era um tango de boa, motivo de muitos cochichos e risinhos tentando discrição.

Vicente quis ser agradável, simpático à viúva, para permanecer na casa e rapar alguma coisa de comer e beber. Perguntou, ingenuamente, como sempre ingenuamente fazia:

— Foi formicida Tatu, dona?

— Não, foi Furadã... — respondeu a mulher, chorosa.

E Vicente, atestando a eficácia do produto agrícola:

— Furadã? Bom, muito bom também...

SAL E ALGODÃO

Ofereceram um frete *sui generis* ao Vicente. Frete de lombo de burro, podendo mesmo ser de égua, que era o único animal que ele possuía. Seriam dois animais. Ele, com a sua égua carregada, e um outro caboclo metido a sabido, com o seu cavalo. As cargas seriam transportadas a uma distância de três léguas, mas por caminhos íngremes e tortuosos, de custoso e impossível acesso por rodas, só mesmo em cascos de animais. Eram oito arrobas de algodão e oito arrobas de sal. Ainda brincaram com Vicente, achando que ele iria escolher o algodão, por ser mais leve:

— O que pesa mais, seu Vicente, uma arroba de sal ou uma arroba de algodão?

Vicente recebeu a pergunta como ofensa e não respondeu; apesar da sua boa educação, ele julgou ser pergunta sem resposta. Teve prioridade em escolher a carga. Olhou para o tempo, não era meteorologista, mas tinha noção natural de previsão do tempo e preferiu o sal aos fardos de algodão. Não era nada, não: o cavalo, muito maior, levava os volumes maiores, explicou. Tudo bem. Fez questão de saber que ele não era responsável pela carga, já que nem ligário para cobrir a carga ele tinha. Não fazia mal, retrucou o dono. A verdade foi uma aposta que fizeram: um apostando no cavalo, que a égua velha do Vicente não chegaria ao cimo do espigão depois de caminhar, subir quase três léguas, com as oito arrobas, 120 quilos, no lombo. Vicente descobriu a trama que estavam fazendo contra ele, com a má intenção de aguar, estropiar e até matar o seu querido e utilíssimo animal. Confiou no tempo. Esperou, segurou mais que pôde, até o tempo fechar.

E tudo foi acontecido. Houve um tremendo pé-d'água, um toró de afogar sapo e fazer cachorro beber água em pé. O algodão empapou d'água, triplicou o peso, o cavalo arriou com a carga; o sal derreteu e escorreu, e quanto mais escorria, mais a égua ficava aliviada.

Vicente bateu papo: com quem pode, não se brinca!

O EMPLASTO

Vicente foi à cidade e ficou de pouso. A mulher da pensão era muito agradável, dessas que conversam com os hóspedes e resolve seus problemas, inclusive. Pois bem, Vicente chegou com uma bruta dor no estômago. Só tinha o dinheirinho da pensão. A senhora, depois de conversar muito com ele, de rir muito da sua ingenuidade, com os "causos", ficou preocupada quando soube que ele estava com dor de estômago. Isso, assim, para ele contar, foi com muitos rodeios, vai lá, vem cá, até que a mulher entendeu e se prontificou a resolver o problema:

— Aqui comigo não tem cangancho, não tem problema, só tem solução, seu Vicente. É já, já a gente resolve o problema do senhor. Para dor de estômago eu tenho um santo remédio! Vou fazer um emplasto de farinha de mandioca bem quentinho, um verdadeiro pirão da medicina caseira.

— Mas o meu dinheiro só dá pra conta da pensão, dona...

— Quem é que tá falando em dinheiro, seu Vicente? Caridade não tem preço. E Jesus Cristo falou, tá escrito, que quem não fizer caridade não entra no céu.

— Sim, senhora.

Com pouco prazo, dona Isoldina chegou com o emplasto fumegante:

— Taí o emplasto, um santo remédio! O senhor vai pro seu quarto e coloque o emplasto no estômago que é tiro e queda. Quem está falando é a voz da experiência.

— Não preciso ir pro quarto não, dona, aqui mesmo...

— Não, senhor. Não fica bem. Já são mais de 10 horas. O senhor, assim que colocar o emplasto, deita, dorme um bom sono, que a cama tá arrumadinha e o emplasto é uma maravilha!

— Sim, senhora.

No outro dia, Vicente levantou bem disposto, e dona Isoldina ficou satisfeita em vê-lo refeito. Perguntou-lhe:

— Como é, seu Vicente? Cadê a dor de estômago?

— Ah, foi s'embora, dona. Passou logo, logo. Foi só eu comer o emplasto, a dor de estômago passou na hora...

CONSULTA DE GRAÇA

Doutor Augusto foi um médico muito humanitário, cobrava pouco dos remediados, esfolava os endinheirados e medicava os pobres de graça, inclusive com remédios, um verdadeiro Robin Hood da Medicina. Mas sempre estava entrando em fria, porque muitas pessoas remediadas se faziam de pobres no seu consultório. Vicente, já meio velho, cheio de macacoas, numa eterna perrenguice, as suas meizinhas, com as tisanas, garrafadas e chás já não lhe levantavam o ânimo, nem na farmácia com automedicação. Depois de muitos aconselhamentos foi consultar-se com o humanissíssimo doutor Augusto, o que lhe valeu, devolvendo-lhe a vivacidade de antes. Voltou a ser aquele mineiro-goiano sacudidão, fortão. Todo leigo receitador de remédios, quando fica doente, acaba indo ao médico.

Mas vejamos o que aconteceu no consultório. Vicente aceitava tudo o que o médico dizia, com o "sim, senhor" ou apoiando com gestos de cabeça. O médico passou-lhe a receita e deu-lhe os remédios de graça, mandando que os tomasse após as refeições. E frisou bem: "só toma os remédios depois das refeições, entendido?". Agradeceu bastante, porém, indeciso, só saiu quando o doutor mandou que ele se retirasse, pois havia mais pessoas para atender. Vicente foi para a sala de espera, onde ficou sentado. Doutor Augusto passou por outra porta e foi almoçar. Regressando do almoço, reiniciou o atendimento aos clientes e, quando saía, quase à noite, viu Vicente sentado no mesmo lugarzinho, o embrulho de remédios na mão:

— Mas como?! O senhor ainda está aqui? Os remédios são seus, são de graça, amostras grátis, não tem de pagar nada! Pode ir embora, criatura!

Vicente, agradecido, reclamou, não tão humilde:

— Uai, doutor! Os remédios o senhor deu, mas e as refeições?

DEUS ESTÁ CERTO

Vicente, sem família, a idade avançando, já não era lá muito agarrador. Tinha ocasião que pegava bem no serviço e tinha vez também que passava um tempão coçando as vergonhas. E quem não tem muito o que fazer, fica dando sempre uma de filósofo. E ele não escapou. Roceiro não sabe e não interessa saber nada que não lhe interessa. Conhece os nomes das árvores, das flores e das frutas, assim como as raízes que sempre servem de quebra-galho para suas perrenguices. Assim, conhece a aroeira, o angico, o ipê, a rosa-remédio, a mama-cadela, o araticum, a gabiroba... e o restante para ele é pé de pau, pé de flor e pé de fruta. Árvore é sempre pau, pé de pau, pau à toa.

Certo dia, catando e chupando coquinhos saborosos caídos no chão, ficou olhando para cima e reparando naquele cacho grandão de coquinhos. Lá na frente ele avistava também grandes melancias presas pelas ramas. E, enquanto chupava coquinhos, ficou pensando nas injustiças, embora muito temente a Deus: "Como Deus põe uns coquinhos tão pequenininhos num pé de fruta tão alto e forte e umas baitas melancias aí presas pelas ramas em cima do chão?". Perguntou-se: "Deus é justo?". Para reforçar a sua dúvida, ao lado das melancias estavam umas vacas presas ao diminuto curral, confinadas. Elevando o olhar e passando além do cacho de coquinhos, avistou uma andorinha que voava na amplidão, indo lá e vindo cá, o ceuzão todo dela. "Como pode", pensou Vicente, "um passarinho tão pequenininho ganhando um céu inteiro, voando pra onde bem quiser e aquelas pobres vacas ali presas num pastinho desse tamanhico? Deus é justo?". Nisso o vento balançou o cacho de cocos e um caiu bem no seu cocuruto. Aí ele chegou à conclusão de que Deus é, realmente, muito justo: "Já pensou se fosse uma melancia?".

E o reforço da justiça de Deus deu-lhe mais uma prova: recebeu, também na cabeça, uma titicada da andorinha. Limpou com a mão, olhou para as vacas no curral: "Já pensou se fosse uma estrumada de vaca?".

SEMÁFOROS

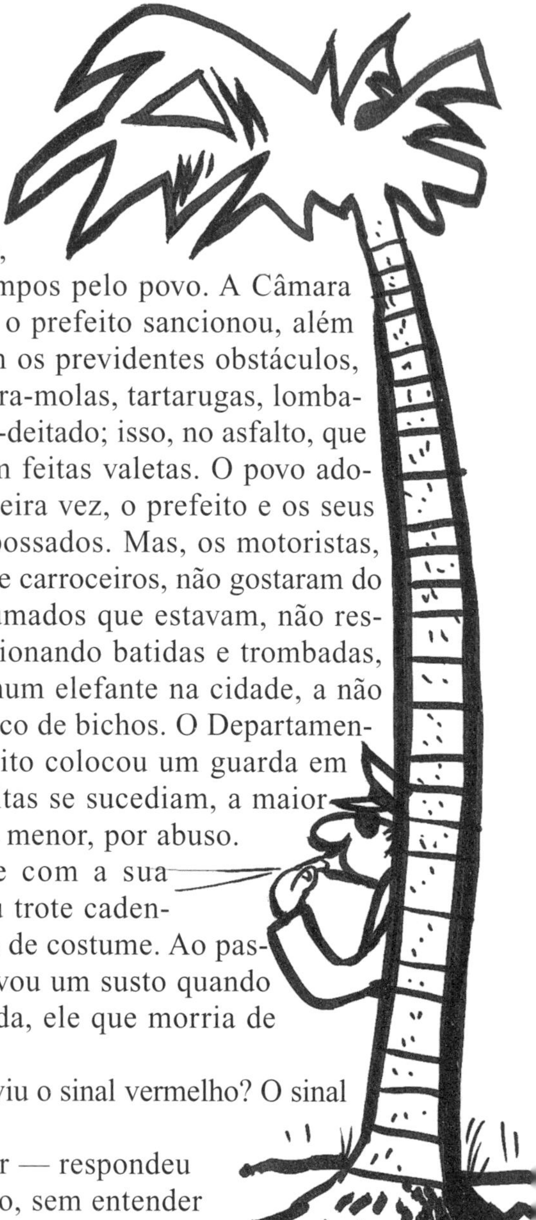

Uma novidade. Colocaram vários semáforos pelos lugares estratégicos da cidade, coisa reclamada há tempos pelo povo. A Câmara de Vereadores votou e o prefeito sancionou, além dos sinaleiros, também os previdentes obstáculos, com os nomes de quebra-molas, tartarugas, lombada, ondulação e guarda-deitado; isso, no asfalto, que nas ruas de terra foram feitas valetas. O povo adorou; louvou, pela primeira vez, o prefeito e os seus vereadores recém-empossados. Mas, os motoristas, incluindo motoqueiros e carroceiros, não gostaram do melhoramento. Acostumados que estavam, não respeitavam o sinal, ocasionando batidas e trombadas, apesar de não ter nenhum elefante na cidade, a não ser quando chegava circo de bichos. O Departamento Municipal de Trânsito colocou um guarda em cada sinaleiro. As multas se sucediam, a maior parte por distração e a menor, por abuso.

Lá vem Vicente com a sua carroça, a égua no seu trote cadenciado pelo varal, como de costume. Ao passar o sinal fechado, levou um susto quando ouviu o apito do guarda, ele que morria de medo de farda:

— O senhor não viu o sinal vermelho? O sinal fechado? Não viu, não?

— Vi, sim senhor — respondeu Vicente todo respeitoso, sem entender a afronta. — Eu não vi foi o senhor aí atrás do coqueiro...

A VACA QUE CONHECIA SINAIS DE TRÂNSITO

Naquela vez, quando tirou o dinheiro no Banco do Brasil, Vicente comprou um magote de boas vacas e dentre elas, por acaso, veio uma campeã de corrida. A vaca tinha um robe: vazar cerca, mas não para pastar capim novo, e sim para ir à estrada de rodagem apostar corrida com os carros que trafegavam por lá. Com cachorros isso é muito natural, pois há aqueles que ficam esperando o carro chegar e partem correndo atrás. Há também os que correm latindo, o carro para e eles param também, sem saber o que fazer, igual a velho que canta moça e quando ela topa ele destopa. Mas a vaca do Vicente concorria com qualquer marca de carro, seja carro ou caminhonete. Passava na frente e bem adiante parava e esperava o carro passar, que era o deleite da glória.

Um dia, o filho de um fazendeiro abastado da região tirou da agência uma D-20 zero quilômetro e apostou com Vicente que ganharia a aposta. Jogava 1.000 contra 10 do proprietário da vaca. Vicente topou e entrou na caminhonete com o rapaz apostador. A vaca tinha a sua faixa de largada.

O rapaz parou o veículo ao lado, deu uma primeira e se arrancou. A vaca tremeu-se toda, deu um galeado no corpanzil e se mandou atrás. O rapaz ia seguindo pelo espelho retrovisor e cantando o jogo:

— Não é que a danada vem bem aí atrás?

— Pode acelerar mais — ordenou o dono da vaca.

— E não é que ela tá ganhando terreno?

— Uns 100 metros, será?

— Menos! Pode ter uns 50 metros de diferença.

Aí o rapaz foi acelerando e quando estava a 130, que era a velocidade de que a vaca gostava, ela foi encostando. Vicente, folgado, não olhava para trás. Somente pedia informação para o motorista, que acompanhava a corrida pelo retrovisor.

— Não é possível, tou a 140, será que ela vai aguentar?

— Ela tá com a língua de fora? — perguntou Vicente.

— Tá, tá sim! Tá com o linguão de fora.

— A língua da vaca tá pra direita ou tá pra esquerda?

— Tá pra esquerda.

— Então pode encostar que ela tá pedindo passagem pra ultrapassar!

A PINGA DO COMPADRE

Antes de contar esse caso acontecido é bom lembrar aqui que pinga, no nosso falar da região, é aguardente de qualidade, feita por fazendeiro caprichoso, enjoado com o que é seu. Planta a cana com as olhaduras escolhidas, corta na época certa, de junho a julho, mói e alambica da madrugada até à noite. Não é como os fabricantes de cachaça, que não plantam, compram a cana desigualada, e quando a cachaça deles fica com menos de 19 graus, eles põem até soda para subir o teor; e quando passar dos 21, abaixam com água. E o pior, vão alambicando e já vão vendendo, não esperam os dois anos da regra, depositada em dornas de bálsamo. Por isso aí, se vê a diferença entre a pinga e a cachaça. Somente pinguço e cachaceiro é que são uma coisa só.

Vicente, sempre muito precavido, quando viajava, levava a sua garrafa de pinga, da boa, que ele só bebia da "especial demais da conta!", segundo suas palavras. Quando a viagem era curta, bebia alguns goles das cachaças dos outros, dos botecos, mas sempre se saía mal, pois abusava da quantidade ingerida. Numa dessas viagens encontrou-se com um amigo, por sinal, seu compadre, mas compadre de faz de conta, de pular fogueira, que ele nunca batizou filho de ninguém e também nunca teve filho para que alguém o batizasse. Mas era compadre pra lá e compadre pra cá, no dizer deles. Chegando em casa de um fazendeiro, amigo desse seu compadre, o anfitrião ofereceu uma meia garrafa de pinga, também da boa, que ele havia ganho, vinda lá das bandas de Quirinópolis, terra danada de boa para fazer cachaça supimpa. O presente foi só meia garrafa, porque o fazendeiro só tinha aquela, não tinha vasilha, e a meia de cachaça estava no fundo de um garrafão. Aí o Vicente, muito educado e prestimoso, se ofereceu para colocar a cachaça que o compadre ganhara na sua garrafa, que estava exatamente pela metade. Assim, acabaram de completar a garrafa, sendo a cachaça dele a que ficou por baixo, e a outra metade do compadre, que ficou por cima.

No fim da viagem o compadre-companheiro arranjou uma garrafa vazia e pediu ao Vicente que lhe devolvesse a sua bebida. A garrafa estava vaziinha, sequinha da silva:

— Uai, compadre Vicente! Cadê a minha pinga?

— Uai, sô! Como é que eu ia beber a minha pinga, que tava por baixo, se a sua tava por riba? Teve jeito não, compadre...

O TÁXI QUE VOAVA

Vicente andava sempre pela periferia da cidade ou a pé, ou montado na sua égua, ou, ainda, na carroça. Tinha muita vontade, mas também muito medo, de andar de táxi, porque ouvira falar que os táxis corriam muito e até voavam.

Certo dia teve de ir a Goiânia fazer uma caridade, que caridade era o que ele muito gostava de fazer. Iria levar para a cidade, na sua carroça, uma mulher com uma criança recém-nascida. Teria de atravessar a cidade para chegar à periferia, o destino da viagem. Como havia sido multado — aquela vez em que avançou o sinal e não vira o guarda atrás do coqueiro —, deixaram a carroça e tomaram um ônibus. Acontece que o ônibus não chegava no tal lugar e o recurso seria tomar um carro de praça, um táxi, que a mulher não dava conta de andar, ainda mais com criança e umas subidas brabas que tinham por lá. Lembrou-se do que diziam, que os motoristas dos táxis corriam demais, que até voavam, no afã de deixar um passageiro e pegar outro, faturando o mais que pudessem. Os que lhe informavam sobre o endereço aconselharam-no a tomar um táxi. Vicente resistiu: medo da correria e segurança do seu dinheirinho. Sabe lá o que é voar de táxi feito avião?

Tentou ir a pé, que distância para ele era café pequeno, mas a mulher, com a criança, não aguentava. Mesmo assim, tomaram vários ônibus, cada vez se confundindo mais, perdendo tempo e o pior: gastando dinheiro. O certo, o recurso, era mesmo pegar um táxi, apesar do medo e do dinheiro.

Sem ter outro jeito, ressabiado, rezando, entraram num táxi. Vicente deu uma olhada e ficou mais animado; não viu nenhuma asa no carro, o motorista perguntou:

— Em que altura o senhor quer ficar?

E Vicente, rapidinho:

— O mais baixo que puder...

O ACIDENTE

Lembrei-me de um caso muito interessante que aconteceu com o Vicente, depois de saber, segundo o meu tio Pedro, do pavoroso desastre de trens que se deu no começo do século XX, num dia de Finados, quando dois trens de ferro de passageiros da Cia. Mogyana se chocaram num encontro macabro perto de Ribeirão Preto, entre Cravinhos e Vila Bonfim, matando muita gente e deixando muitos feridos presos nos destroços, sem jeito de salvação. Aí o engenheiro-chefe da Companhia, doutor Rebouças, mandou jogar benzina na composição sinistrada e ele mesmo ateou fogo, queimando os moribundos, sob protestos do povo.

Houve, também, um acidente, mas de muito menor proporção, na beirada de um rio, matando muitas pessoas e sem cemitério para enterrá-las. Aí o prefeito, acompanhado de vereadores, mandou jogar os mortos dentro do rio, mas somente os que não tinham família para reclamá-los. Primeiro, o médico atestava o óbito, garantindo que estavam, realmente, todos mortos.

Vicente, curioso e muito admirado, acompanhava tudo. Para ele era Deus no céu e doutor cá na terra. O doutor falou, acabou! Falou, tá falado! E passou a comandar o sepultamento de defuntos para dentro do rio. Mais prático do que os outros companheiros, pegava nos braços do corpo, o outro pegava nas pernas, davam um galeado e atiravam o morto na corrente volumosa das águas. Já no final, faltando poucos para serem "sepultados", um defunto ressuscitou e gritou, apavorado, vendo que ia ser atirado ao rio:

— Não me jogam n'água, não, gente! Eu não morri ainda não!

Aí Vicente acelerou os galeios e os dois jogaram o agoniado lá bem dentro do rio. Vicente bradou, indignado:

— Não morreu o quê, sô! Quer saber mais do que o doutor?

PERIGO DE CONGESTÃO

Vicente, por conveniência, era meio inzoneiro e, ingênuo ou não, saía sempre com uma das suas, que de quando em quando lhe rendia alguma coisa. De vez ou outra andava fazendo visitas, para não perder a ligação, como dizia. E numa dessas ligações foi bater os costados lá no sítio do Limírio, homem que gostava muito dele, mas tido e havido como muquirana, autêntico unha de fome. Vicente, em completo jejum, lá chegou de tardezinha. Proseou muito, com aquela bruta fome, e nada de sair alguma coisa para mastigar. Só estava liberada a trenheira de fazer cigarro de palha. Limírio já lhe tinha perguntado tudo o que queria saber, que Vicente era bom informador de tudo o que acontecia, era a imprensa oral e ambulante da região, o seu mundo limitado dentro de dez léguas, e desejava que a visita fosse embora, deixasse o seu feijão em paz. Mas Vicente, muito hospitaleiro no seu rancho, quando fazia visitas, não saía sem tirar bom proveito. Era uma espécie de desforra.

A noite foi entrando, sete, oito, nove, dez horas e nada de sair um de comer qualquer, a barriga do Vicente roncando. Aí o sitiante viu que ele não ia embora mais naquela noite, pois a visita, ajeitando o terreno, dizia do grande perigo de andar no escuro por aí, muita gente ruim pelo mundo e falava do seu incontrolável medo de assombração.

Tudo preparado, o ligal (couro de boi) estendido no canto da sala, Limírio perguntou:

— Seu Vicente, meu amigo, o senhor não quer passar uma água nos pés antes de dormir?

— Uai, seu Limírio! Querer eu quero, mas será que lavar os pés antes da janta não faz mal? Não tem perigo de dar congestão não, seu Limírio?

A PEDRA DE DIAMANTE

Vicente, ingênuo, dava, de vez em quando, uma de malandro. Era sempre aceito e bem-vindo às rodas devido a sua ingenuidade artística. Achava que dizer que não sabia era muito mais cômodo do que dizer que sabia, pois, não sabendo, não era obrigado a ficar explicando, não sendo do seu feitio tais explicações sobre ele próprio.

Não havia e não se tinha notícias de alguém tão miserável, tão muquirana, tão unha de fome como o seu Juca, o ricaço do lugar, velho ex-capangueiro dos garimpos de Minas e de Goiás. Dizem que fez a sua riqueza comprando e roubando pobres garimpeiros entusiasmados, porque garimpeiro quando pega uma pedra maior do que um simples xibiu acha que bamburrou, vende o diamante rápido e torra o dinheiro na farra, achando que encontrou a ponta de um filão. Comumente, a primeira oportunidade é a primeira e a única da sua vida de garimpeiro.

Certa vez, blefando, alguém, em meio a várias outras pessoas, ofereceu cem reais para Vicente se conseguisse almoçar com o seu Juca, façanha tida como impossível de acontecer. Mas como impossível é Deus pecar, vamos ver no que deu.

A coisa não ficou apenas nos cem reais, pois houve outras apostas. Vicente, no seu quieto, pensando no dinheiro, quantia de que estava muito precisado, que poderia ser mais, porque houve também ofertas de apostadores que, se Vicente realmente conseguisse a proeza de almoçar com o sovina do seu Juca, receberiam 50% das apostas contra o primeiro apostador; que jogavam tudo o que tinham e o que não tinham, como Vicente jamais almoçaria à mesa de seu Juca Miséria, como também era conhecido o célebre usurário.

Marcado o dia, Vicente, de caso pensado, chegou à residência do homem justamente às 11 horas, horário do almoço.

Intransigente no horário das suas refeições, nem inglês era tão rigoroso como o velho Juca.

Falou com a cunhada do dono da casa, que o servia como empregada e como mulher:

— Seu Juca tá, Sá Dona?

— Tá, mas não pode atender porque tá na hora de ele almoçar.

— Mas eu tenho uma coisa muito importante pra falar com ele e tem de ser agora. É do muito interesse do seu Juca.

— Que coisa importante que o senhor tem pra falar com o meu cunhado?

— É uma pedra de diamante do tamanho assim, regulando um ovo de pombo.

— Uai, moço, pombo bota ovo? Não é a pomba, não?

— A senhora tá certa, mas eu quero que seja até maior; não é do tamanho de um ovo de galinha, mas se for garnisé, é.

A mulher, sabendo do interesse do cunhado por pedras de diamantes e pepitas de ouro na mão de gente boba, pediu licença e foi participá-lo. Vicente, muito respeitoso, com o chapéu de palha na mão, ficou aguardando os acontecimentos. Nada demorou a mulher voltou, dando ordem para que entrasse, não se rogasse, não. Seu Juca já o estava esperando de pé, ao lado da mesa farta de um tudo. O homem podia ser miserável, mas a sua mesa contradizia a fama.

— O senhor falou em um diamante do tamanho de um ovo de garnisé? E isso existe por aqui? Menor do que um assim foi o diamante Getúlio Vargas, de Estrela do Sul, lá em Minas Gerais — disse, mostrando conhecimento para se impor. — Aqui dá diamante desse tamanho?

— *Viche*! Dá até maior! Alguma gente tem pegado, mas anoitece e não amanhece, com medo; é por isso que ninguém fica sabendo.

— Então me mostre a pedra.

— Seu Juca, eu não gosto de falar de negócio com a barriga vazia, e hoje mesmo o café da manhã eu ainda não tomei.

— Muito bem, muito bem, senta aí, almoce depressa.

— Sim, senhor, eu aceito. Dá licença...

Nessa hora, a frente da casa do velho Juca estava repleta dos apostadores e curiosos, a velha criada informando que Vicente estava almoçando com o seu Juca. Aí, então, predominou a algazarra.

Terminada a refeição, com sobremesas de frutas e doces muitos, recomeçaram o diálogo:

— Então, o senhor já almoçou, comeu muito, agora vamos ver o diamante que o senhor tem aí.

— O diamante que eu tenho aqui? Quem é que anda com um diamantão desses aqui nas ruas, seu Juca? O senhor muito bem sabe, seu Juca, como o garimpo é coisa custosa, perigosa, ninguém melhor do que o senhor pra saber. O trem é muito trabalhoso, muito dificultoso, muito arriscativo. Eu pensei de vender o meu sítio pra empregar o dinheiro numa boa catra, uma catra bem boa, como tem muitas por aqui, porque tão falando que tá saindo diamantes butelos que não é vida. Agora eu, pensando bem, não podia arriscar de perder o meu sítio sem consultar o senhor, que tem muita prática, é a pessoa mais entendida no assunto. O senhor acha que paga a pena eu vender o meu sítio pra tentar pegar um diamante dum tamanho assim, seu Juca? Quanto o senhor acha que vale um diamantão do tamanho dum ovo de garnisé, se caso um dia eu pegar, hein, seu Juca?

Seu Juca não respondeu: estava com um pedaço de carne que o capeta colocara na goela e o ódio não deixava descer.

O PROFETA

Um pobre coitado, raizeiro e benzedor, que nunca cobrou nada pelos seus serviços de cura foi, convincente, ter-se com Vicente:

— O senhor que é um homem prático e de muitas amizades, vai ter de me ajudar. Eu tou precisando de fazer uma operação que, se não fizer, vou morrer, como o doutor falou. E eu não tou podendo morrer agora, tenho ainda de dar uma demão pros filhos pequenos. Dinheiro pra arranjar, eu sei que o senhor não tem, mas tem muita competência de sabedoria, muito conhecimento, e podia me ajudar.

Vicente, cheio de vento pelo elogio, ficou matutando e viu que poderia, de fato, ajudar o amigo. E como se tivesse a memória curta, foi ter-se com o seu Juca, o homem mais rico do lugar, mas mais avarento que a sogra de São Pedro.

— Bom dia, seu Juca!

O homem, achando que era para pedir dinheiro emprestado ou fazer ele de bobo, como daquela vez da pedra de diamante do tamanho de um ovo de garnisé, nem respondeu. Mas Vicente continuou:

— Eu vim aqui só pra dar um aviso pro senhor; um aviso dos mais importantes, negócio de vida ou de morte.

— De vida ou de morte? Quem é que vai morrer?

— Um nosso conhecido, o velho Raimundo, aquele tirador de sorte, benzedor e curandeiro, que o senhor já deve ter visto falar.

— Não, nunca ouvi falar nele, não. Mas, fala! O que é que eu tenho com isso?

— É que ele tá muito mal mesmo, tá mal pra morrer, mas ele ainda não é muito velho, não, se sair dessa vai demorar demais da conta pra morrer...

— E por que é que ele não morre?

— Se ele não fizer a operação nos intestinos vai acabar é morrendo mesmo.

— E por que não faz essa operação?

— Por falta de dinheiro.

— E você veio aqui pensando em me arrancar dinheiro, se eu nem conheço o dito-cujo?

— De jeito nenhum! Não vim pedir nada pro senhor, seu Juca.

— Então?

— Então é que o velho Raimundo deu, duns tempos pra cá, pra ser profeta.

— Profeta? Tempo de profeta já passou, ninguém é mais profeta aqui na terra.

— Sim, senhor, arrespeito a opinião do senhor, o Raimundo pode não ser profeta, mas o que tá acontecendo com o homem duns tempos pra cá é coisa de admirar. Tudo o que ele fala que vai acontecer, acontece mesmo! O rancho dele já virou romaria.

— E por que esse povo da tal romaria que vai lá não dá o dinheiro pra ele operar?

— Porque todo mundo que vai lá é gente muito pobre, da iguala de *nóis* mesmo, tirante o senhor, *nóis* que não tem recurso, nem um couro pra cair morto em riba dele.

— Mas, me fala, o que é que eu tenho com isso, com essa história toda?

— Bem, o senhor pode até não ter, mas o que ele falou, a visão que ele teve, o senhor pode ter muita coisa com o caso...

— O quê? O que foi que ele falou?

— Falou que o homem mais rico daqui da cidade vai morrer dentro de um mês. Eu não sei se o senhor é o mais rico, não sei o dinheiro que o senhor tem, mas quando o Raimundo deu a profecia, todo mundo falou de uma vezada só: "Seu Juca!".

O avarento levou o maior susto da sua vida. O "ingênuo" Vicente ficou fazendo o seu cigarrão de palha, mas com o rabo do olho no olho do homem, verificando o comportamento lá dele.

— Mas eu? Por que eu?

— Não sei, decerto é porque é o mais rico. E quem avisa, amigo é, o senhor sabe disso. Agora, tem também uma salvação.

— Salvação? Que salvação? Pra mim ou pra ele?!

— Pro senhor, seu Juca. Ele, na visão que teve, disse que vai morrer primeiro, se não operar, e depois vai o senhor, quer dizer, o homem mais rico daqui vai morrer depois dele. Se ele não morrer, o outro, o ricão, tá salvo, não vai morrer também, não. A doença, se não acudir, vai matar ele dentro de 27 dias, a contar do dia da visão que ele teve.

— Quando que ele teve essa visão, homem de Deus?!

— Foi nessa semana que passou, não sei bem o dia, mas se o senhor interessar eu vou lá saber dele.

— Não, não, eu não estou interessado! Imagina!

— Agora, ele é um homem muito sadio, sacudidão, tirante esse agravamento dessa doença que apareceu. Se ele sair dessa, se ele operar, vai viver toda a vida.

— E eu com isso?

— Bom, eu vim só dar o aviso. Quem avisa, amigo é. O senhor é quem sabe. Se quiser arriscar...

Vicente saiu satisfeito, dada a aflição do seu Juca, notada a olhos vistos.

Não deu outra: o velho Raimundo se internou, ainda naquela noite, e foi operado no outro dia, pela manhã. E ambos estão bem vivos, ele e o seu Juca. Mais vivo ainda está o Vicente.

VENCIMENTO DE PROMISSÓRIA

Vicente, bem depois daquela época do zebu que passou o Banco do Brasil para trás, quer dizer, o gerente, naquele empréstimo de cem mil que, sem saber, foi perdoado pela moratória decretada pelo Governo, fez um segundo empréstimo, porém, em outro banco, mas com medo de perder as suas terras, muito antes de a promissória vencer, ele já tinha o dinheiro contadinho e embrulhado num papel, escondido dentro do seu barulhento colchão de palha. O gerente, por coincidência, ficou sabendo da astúcia bancária do roceiro no Banco do Brasil, porque essas coisas vêm gratuitas, não se sabe de onde. Acontece que a transação, apesar de pequena, foi feita nos conformes, com todas as garantias.

Vicente sempre passava na calçada do banco e até entrava, por várias vezes, a convite do gerente para tomar aquele cafezinho rotineiro, cafezinho de clientes amigos.

Certa tarde, por motivos lá da cabeça de Vicente, ele desceu a rua pela calçada oposta e sob as vistas do gerente, que ficou cabreiro. Isso foi ainda no tempo que banco era o gerente. Diziam que banco só emprestava quando o suplicante provava que não precisava do dinheiro. O cliente, sendo amigo do gerente, tinha tudo, pegava dinheiro quando e quanto quisesse, bastando não ser muxiba e abrir a mão para propinas. Havia gerente que tinha até a sua própria taxa percentuária. Outros, diziam, eram aliados com agiotas, para onde enviavam bons clientes, com a comuníssima alegação de que o banco não estava operando até segunda ordem. Tinha até uísque, numa época em que poucas pessoas bebiam o escote; as adegas improvisadas de certos gerentes de banco eram mais estocadas que muitas casas especializadas no ramo. A informática veio podar muitas dessas maracutaias. Muitos funcionários iam até pela madrugada para descobrir pequenos erros de cálculos passados durante o dia, às vezes, poucos centavos. Seria o caso de o funcionário tirar do bolso e cobrir, mas o erro precisava ser encontrado.

Vicente, por descuido, nem passava mais naquela calçada, o que foi notado pelo gerente, deixando-o encabuladíssimo, embora a transação, como disse, fora dentro da legalidade. Mas para ele tornou-se um caso especial, queria ver o final, se o cliente surgiria com alguma astúcia, o que teria o máximo cuidado para não aceitar, ou melhor, para não cair na esparrela do sabido roceiro. Lembrava-se do diálogo do colega com o amigo:

— *Você já viu roceiro bobo?*

— *Roceiro bobo, nunca vi, mas gerente de banco...*

Justamente à véspera do vencimento, viu o cliente Vicente passando, mas na calçada do outro lado. Aproveitou para dar-lhe o aviso, receoso, pois o homem estava fugindo, passando do lado de lá da rua. Gritou:

— Ô, Vicente! Amanhã vence aquele título seu, hein?

E o Vicente, no ato, alto e bom som:

— O cachorro quando engole o osso sabe o buraco que tem pra soltar!

CARDÁPIO COM ABÓBORA

Vicente cultivava no seu sítio um de tudo, verdadeira "heterocultura". O seu interesse maior, como vimos, era a venda na feira e pelas pequenas casas do comércio. Os poucos porcos que criava e engordava eram tratados com os produtos da sua miniprodução, abóboras maduras cozidas, soro de leite e até o pouco de farelo do arroz em casca que, de vez em quando, levava umas sacas para limpar na máquina. Tanto é que aquela abobrinha que a gente bate e refoga é chamada de abóbora-de-porco, pois ficam enormes, quando maduras. E as abóboras maduras não eram somente para os porcos, mas usadas também na mesa de Vicente, cozidas em talhadas e saboreadas com leite no prato ou com sal. E por obra de Alcides — o filho do seu vizinho, que realmente era fazendeiro, o dos mil alqueires e das três mil cabeças de gado — que sempre, pelas férias grandes, trazia colegas, eles passavam pelo rancho de Vicente, procurando o que comer. Era mais para conversar e se divertir com as tiradas do roceiro. Da primeira vez foi canjica de milho, mas agora, devido à safra, Vicente vinha se deliciando com as abóboras cozidas. Os rapazes passaram lá, e o das apostas foi logo cumprimentando e pedindo um de comer:

— Boa tarde, seu Vicente Carvalho...

— Boa tarde, seu Marcolino...

— Aprendeu o meu nome, é? O que o senhor tem pra gente comer hoje aí, seu Vicente? A gente paga. Nós temos dinheiro.

— Ah, tou tendo aqui coisa muito boa demais da conta.

— Então vamos ver essa maravilha boa demais da conta.

— Então vamos entrando pra dentro e vão se abancando, que o rancho é de pobre, mas o prazer é muito de receber vocês aqui. Entra, seu Alcides. O seu pai tá bom? A sua mãe também tá boa?

Alcides respondeu com o polegar apontado pra cima.

Vicente veio trazendo uma travessa com as talhadas amarelinhas, apetitosas, abóboras bem cozidas, um caldeirão com leite fervido, um pires com sal, e foi dizendo:

— *Abóbora* desse jeito acho bom demais da conta! Tanto faz com leite ou com sal.

O estudante, como da primeira vez, fez cara de menosprezo (mais para ver a saída do roceiro), arriscou a receber mais uma e censurou:

— Mas, seu Vicente, abóbora lá em casa nós damos é pra porco...

Vicente, ou por malícia ou por simplicidade, respondeu:

— Aqui também, seu Marcolino!

NADA COMO O QUE É DA GENTE

Vicente, de vez em quando, adorava e inventava um jeito de ir a Goiânia, mais pelo prazer de viajar de jardineira, do que mesmo o que ter que fazer na capital. A jardineira, meandrando pela estrada de terra, chacoalhava os passageiros, fazendo-os até trocarem de lugar, quando a buraqueira era muita e o motorista metia a chanca no pedal de breque; o veículo torcia e retorcia, mas ninguém reclamava, que coisa boa mesmo era andar de jardineira, passando por lugares bonitos, muitas pontes que balançavam e mata-burros de bica, que requeriam a perícia do condutor. Se chovesse, então, o perigo era grande, mas todos os passageiros achavam aquilo normal, sempre confiantes no chofer. Muita gente sentia sede; outros, vontade de tirar água do joelho, mas ninguém ousava mandar parar, que o ponto de parada era na venda do Abrão Turco, na encruzilhada da outra linha que vinha e ia para Firminópolis. E era lá que embarcava a maior parte dos passageiros, lotando a condução. E como o coletivo não tinha banco numerado, lugar marcado, ninguém descia com receio de perder o lugar e ficar de pé. Quando a gente era menino e tomava o lugar do outro, dizia: "Quem foi ao vento, perdeu o assento".

Acontece que Vicente, por essas alturas, estava tinindo de vontade de fazer xixi, pois bebera muita água e participara de uma rodada de cerveja como convidado. E Vicente, um bom boca-livre, não tendo que pagar, aproveitava. Mas também não desceu na venda do Abrão Turco, porque, da outra vez, se levantou e saiu e acabou a viagem de pé no corredor, caindo por cima dos outros, na chacoalhação e balançação do veículo coletivo, ele que estava bem sentado, bem acomodado. E quando a gente está assim, com aquela vontade tremenda de fazer a necessidade fisiológica, tem de ficar bem quietinho, uma coxa sobre a outra, trancando as partes.

A geringonça deslanchava em meio a uma invernada, e ele, não se aguentando mais, pediu ao chofer que parasse, pelo santo amor de Deus, porque estava precisado demais da conta de ir ao mato. E desceu com muita dificuldade para não dar um vexame. Outras pessoas, aproveitando a ocasião, também desceram, porque quando um brasileiro faz xixi, todos os demais brasileiros fazem também. A calça de Vicente tinha a braguilha enguiçada, botões sem jeito de desabotoar e o que aconteceu foi tirar para fora mal e mal e aliviar a bexiga, cessando a suadeira que lhe escorria pelo rosto e os calafrios que lhe percorriam a espinha dorsal. Todos os outros "xixizeiros" estavam de costas viradas para a condução, esguichando, como a gente fazia quando era menino, apostando quem urinava mais longe.

Vicente, infelizmente, não pôde competir com os colegas de viagem. Ainda fez muito bonito em não molhar a calça. Sem graça, desculpou-se com um parceiro de "xixizança":

— Coisa danada de boa é fazer xixi no que é da gente, não é mesmo?

— Essa fazenda é do senhor? — perguntou-lhe o homem.

— A fazenda, não! A botina, sim, que é minha.

COM O MINISTRO DA AGRICULTURA

Um certo dia, dia de sábado, o senhor Ministro da Agricultura fez uma viagem pelo interior, incógnito e sem seguranças, para sondar o procedimento dos agricultores. Parou na encruzilhada, na venda do Abrão Turco, que lá vendia-se um de tudo. Perto passava um ribeirão caudaloso, de fama de ser muito piscoso, que de lambari até dourado, era só jogar o anzol e fisgar. Isso, de dia, que durante a noite dava pintado e outros bons peixes de couro, peixe para não acabar mais. O Ministro ficou de lado, tomando uma cerveja e observando as compras dos fregueses do comerciante. Só se compravam materiais de pesca: era anzol, era linha, eram varas, chumbadas, giradores, o que muito encabulou o Ministro. Ninguém comprava uma ferramenta agrícola.

Depois de quarenta e cinco minutos, a venda com bom movimento de pescadores, chega Vicente, que apeou da jardineira e ia fazer baldeação com a outra condução que lhe levaria para perto de casa. Resolveu comprar uma enxada. O senhor Ministro já estava desanimado, quando ouviu Vicente pedir ao vendeiro:

— Tem enxada Duas Caras, seu Abrão?

— Tem, tem sim! De duas caras, de duas libras, de três libras, do jeito que freguês prefere; pode escolher aí no monte, primo.

O turco ficou satisfeito, pois fazia muito tempo que não vendia uma enxada, apesar de ser material superior e muito barato, segundo ele. Vicente agradeceu, educadamente, como sempre, e passou a triscar a unha para ouvir o tinido do aço, que era assim que escolhia ferramenta. Separou uma, deixou-a em cima do balcão e foi atrás da porta escolher um bom cabo de guatambu. Aí o Ministro, muito interessado, foi se achegando:

— Boa tarde, companheiro!

— Boa tarde — respondeu Vicente, desconfiado.

— Eu posso ter o prazer de pagar esta enxada para o senhor?

— Com o cabo também?

— Com o cabo também, por que não?

— Se mal pergunto, o senhor é candidato de política?

— O que é isso! Candidato de nada.

— Então essa é a primeira vez que eu ganho um trem sem ser nas eleição.

— Eu sou o Ministro da Agricultura... — aí Vicente levou aquele susto, pois morria de medo de polícia e de fiscal do Governo.

— Sim, senhor...

— O Ministério vai lhe pagar, presentear com esta enxada, porque o senhor é o único homem que está adquirindo uma ferramenta agrícola aqui neste estabelecimento comercial, aliás, melhor dizendo, estabelecimento de pescaria.

— Sim, senhor...

— O senhor possui terras ou é agregado?

— Tenho um sitiozinho.

— Fica aqui perto? A área é grande?

— É pertinho mesmo, mas de máquina, que se for de a pé, é bem longinho, beirando uns mil alqueires, sim senhor.

— O quê? Muito bem, parabéns. E o que é que o senhor planta lá?

Vicente ficou com medo de ser taxado com impostos e respondeu:

— Planto nada, não...

— Então o senhor é pecuarista, cria gado?

— Também não, senhor...

— Se o senhor não planta nada, então para que esta enxada que eu, aliás, que o Ministério o está presenteando? Posso saber?

— Pode demais da conta, seu doutor!

— Então para que é a enxada? Diga!

— Uai! É pra arrancar minhoca, sim senhor...

À GUISA DE BANCO

O homem do povo é sábio e tudo o que o povo faz tem sabedoria. No meio do povo há sempre alguém que cura, sem ser médico; tem quem calcula, sem ser matemático ou engenheiro; há os que conhecem o sol, as estrelas e a lua, sem serem astrólogos ou astrônomos.

O nosso presidente disse, na Europa, que ele é caipira e se orgulha disso. Está certo! Caipira aceita, mas nem sempre usa. Faz que vai, mas não vai. E quem acha que caipira é bobo, bobo é quem acha.

E há rábulas, geniais advogados sem nunca terem se sentado em banco de escola. O nosso amigo Vicente é um deles.

Muita gente que entra em apuros, por ingenuidade, boa-fé ou mesmo por burrice, procura Vicente, por achá-lo um igual e porque sempre está se saindo bem na vida, até contra gente sabida.

Antão, um indivíduo que não tinha nada de anta, mas que ficou conhecido por Antão, porque era o modo dele de pronunciar *então*, foi ter-se com Vicente, depois de entregar um bom dinheiro ao coronel Bembem, o homem mais endinheirado das redondezas, depois de seu Juca. Bembem era o chefe político e também o delegado de polícia. E quem não soletrasse pela sua cartilha amargava por detrás das grades da cadeia imunda de lá.

— Seu Vicente, eu vim me aconselhar com o senhor. Tou avexado demais da conta porque recebi vinte contos e dei pro coronel Bembem guardar pra mim. Depois fiquei sabendo que ele não devolve o dinheiro e ainda mete a gente na cadeia.

— Uai, seu Antão, mais uma?

— Mais uma, seu Vicente; eu não paro de fazer besteira. Em vez de vir primeiro me aconselhar com o senhor, banquei o trouxa e entreguei na mão do coronel Bembem todo o dinheiro que consegui durante toda a minha vida. Foi só agora que eu fiquei sabendo da *satanaseza* do homem.

— É caso pra pensar. Mas não é caso perdido. Eu vou astuciar um modo de o senhor arrecadar o seu dinheiro. Amanhã o senhor volte aqui.

— Sim, senhor; tou nas mãos de Deus e do senhor, seu Vicente.

No outro dia, quando Antão voltou, Vicente já estava chegando do banho no ribeirão, e com pouco os dois saíram, Vicente instruindo o cliente:

— Eu vou entrar na casa do homem, e o senhor fique de fora, mas prestando bastante atenção.

— Sim, senhor.

— Quando eu tossir, começar limpar a garganta, o senhor entra e pede o seu dinheiro, fala que vai comprar um magote de gado.

— Sim, senhor.

Vicente bateu palmas, bateu na porta, chamou pelo "ô de casa" e abriram-lhe a porta. Como de costume, o velho Bembem, com os olhinhos malandros olhando por debaixo dos oclinhos, foi seco, curto e grosso na pergunta:

— O que você quer, Vicente?

— Meu coronel, seu Bembem! Eu vim fazer um pedido pro senhor pra trazer aqui pra nossa cidade uma agência bancária; não precisa ser agência do Banco do Brasil, não! Qualquer um desses outros mesmo serve. O caso é que eu vendi o meu sítio e não sei *adonde* que eu guardo o dinheiro, mais de duzentos contos.

— Uai, será que você não sabe que eu tenho uma *burra* aqui em casa e essa *burra* que é o banco da cidade? É só trazer o dinheiro aqui que eu guardo.

— Uai, então se o meu dinheiro ficar garantido aqui eu vou deixar pro senhor guardar...

— Pois pode trazer, que aqui comigo o seu dinheiro fica mais do que garantido.

Vicente foi acometido por um acesso de tosse. Enquanto

o coronel providenciava um copo d'água, bateram na porta. A caseira abriu, e Antão foi entrando. Vicente parou de tossir e perguntou ao coronel:

— Posso trazer mesmo, seu coronel? O senhor garante que o meu dinheiro fica garantido aqui?

— Pode trazer, seu Vicente. O Antão também guardou vinte contos aqui comigo. Você veio buscar o seu dinheiro, Antão?

— Vim, sim senhor, acabei de comprar um magote de novilhas e vou ter de pagar com o dinheiro que eu deixei guardado com o senhor, coronel Bembem...

O coronel, com grande pose, abriu a burra, contou e entregou o dinheiro ao Antão.

Vicente, assim que Antão embolsou o pacote de cédulas, concluiu:

— Então eu vou lá no cartório assinar a escritura e trago o dinheiro pro senhor guardar pra mim.

— Isso, isso! Vai lá buscar, meu filho!

UMA QUESTÃO DE INTERPRETAÇÃO

Vicente demonstrava inocência, acatava e nunca discutia, demonstrando sempre muita humildade, mas parece, às vezes, uma inocência e humildade convenientes, a dúvida pairando no ar. Seria um ingênuo falso? Mas, se fosse, seria muita habilidade dele, porque a cara era das mais boas deste mundo. Era ver um Geraldino contando causos na televisão. Já o submeteram à análise de um psicólogo: deu simplicidade, inocência pura.

O que aconteceu com ele, em Goiânia, dá muito o que pensar. Vicente não pedia e nem comprava nada de supetão, naquela base de ir chegando e pedindo. Tudo com ele era no chegar macioso, assuntar e concordar, respeitoso. Não teimava, porque teimar é não aceitar várias vezes; Vicente apenas discordava uma única vez. Teimar, nunca!

Depois de quase meia hora que chegara ao bar, pediu uma pinga, no que foi atendido de pronto. Mas vendo umas coxinhas na estufa, saindo fumaça de quentinhas, a barriga roncando, fez um ligeiro balanço das suas finanças e viu que o dinheiro não dava para as duas coisas: a pinga e a coxinha. Estava, realmente, com fome e se lembrou de que entrara várias vezes em fria por ter bebido, como no roubo de uma joalheria, quando a polícia quis que ele achasse as joias no fundo de um tanque d'água (como veremos depois).

Pediu para a moça, por favor, se podia trocar a pinga por uma coxinha, o que foi aceito: a mocinha serviu-lhe a coxinha e despejou a dose de pinga de volta na garrafa. Vicente comeu, agradeceu e foi saindo, quando a balconista o interpelou:

— Moço, o senhor não pagou a coxinha.

— Uai, eu não paguei porque eu troquei a coxinha pela pinga, a senhora não lembra, não?

— Lembro, mas o senhor também não pagou a pinga!

— Uai, moça! E eu bebi a pinga? Bebi, não! Ela voltou pra dentro da garrafa, ficou aí. Bebi, não, moça!

— ?!...

A PROMESSA

Muito religioso, devoto fervoroso de Santo Antônio, embora não pretendendo se casar, o jeca Vicente, com a sua ingenuidade, não perdoava nem santo. Teve de fazer uma promessa para o responsador Santo Antônio quando a sua inseparável e inestimável égua sumira, desaparecera sem deixar rastro, certidão nenhuma. Procurou essa égua bem uma semana, e nada, nada, nem notícia! Aconselharam-no, por maldade, a fazer uma promessa a Santo Antônio responsador. Se encontrasse a sua bendita égua, a venderia apenas por um real e, assim mesmo, depositaria esse dinheirinho aos pés do santo, no altar da igreja. Sem raciocinar, fez a promessa. Foi tiro e queda: a promessa chegou lá em cima e no mesmo dia a égua apareceu na sua porta, como se alguém a tivesse trazido e a colocado lá. Vicente levou um baita susto: e agora? Vender a égua por apenas um real? Seria canela: iria dar até briga na disputa acirrada dos compradores. Mas, afinal, do que adiantava arrecadar o seu tão estimado animal para ficar sem ele e, ainda, sem o dinheiro? Um real era dinheiro? Poderia até ser, mas não o valor de um animal, e animal de estimação. Como pôde ter feito uma besteira dessa? Para não sair no prejuízo, astuciou como fazer, sem ter de ficar sem a sua égua de estima. Foi para a feira com o animal e levou uma capoeira com o seu galo reprodutor, o despertador nas alvoradas. Anunciou a venda da égua por um real. Choveram os pretendentes. Mas tinha um senão: quem comprasse a égua teria de comprar também o seu galo-músico. Já que ia a égua, que também fosse o galo, de mais estimação ainda. Dizia que gente pobre não pode ter esses luxos de criação de apegamentos.

— Eu vendo a égua por um real, mas o galo vai junto, fiz promessa, tem de comprar ele também. Não é eu, é a promessa que fiz pra Santo Antônio, que tão bem, tão de pronto me serviu, me atendeu.

— Eu levo os dois — disse-lhe um interessado, e que não conhecia o Vicente, concluindo: — Se a égua está valendo um real, o galo vai valer quanto? Dez centavos?

Abriu a bolsinha de moedas.

— Dez centavos! — exclamou Vicente, alegando que dez centavos não era dinheiro para oferecer para um galo-músico da orquestra de Deus, ainda mais explorando a boa-fé do homem esbarrando numa precisão daquela, como dizia o amigo Geraldino, na televisão.

— Então, quanto? Abre preço para o galo! Vai ser no peso? Tem balança aqui?

— Que mané peso e ança que nada!

— Abre preço que o dinheiro tá aqui na mão, tinindo!

— A égua vai por um real, mas pelo galo-músico eu quero duzentos reais. Sabe lá, minha gente, o que é um galo-músico?

Água na fervura. Não houve venda, é claro! Voltou com a égua e o galo para casa, tudo certinho com os seus cálculos.

Mas a oferta continuou de pé, que promessa é promessa.

O MERGULHADOR

Vicente, depois de ter vendido as suas poucas coisas na feira, desarreou a égua e colocou-a no piquete, o pastinho da Prefeitura, que não pagava aluguel. Andou bebendo uns goles pelos botecos, foi pego por um temporal e se recolheu debaixo da marquise de uma loja de tecidos. Havia muito papel dentro de um caixotão, na calçada, de onde ele retirou alguns e improvisou uma cama, que já era quase noite e o comércio cerrara as suas portas.

A chuva veio, foi chuva de vento, chuva forte demais da conta. A chuva foi embora, e Vicente ali ficou ferrado no sono, aliás, traído pelo sono, que o plano era ir para o sítio, porque não gostava de pousar fora do seu rancho e nem deixar sua égua ao deus-dará.

Lá pelas tantas, ladrões arrombaram com chave a porta da joalheria ao lado e deram no pé quando ouviram o alarme soar.

A polícia chegou, o proprietário também, e deram com as prateleiras de vidro vazias, nada de joias. Olharam tudo, vasculharam tudo, tiraram as impressões digitais, que eram dos empregados e clientes, como se verificou depois, o proprietário alegando que não tinha seguro, mas foi provado que tinha, também bem depois.

Como a polícia tem de mostrar serviço, um dos policiais deu com o pobre Vicente, que acordou assustado, vendo o movimento, sem saber o que estava acontecendo, morrendo de medo dos policiais. Foi preso por suspeição, aliás, era o único bode expiatório à mão. Deram-lhe uns safanões e levaram-no para a delegacia.

Foram com ele para os fundos do pátio, onde havia um tanque cheio de água, meteram o coitado lá dentro, de cabeça para baixo, seguro pelos pés, Vicente se esperneando, vinham muitas borbulhas na flor d'água, retiravam-no do tanque, o coitado quase afogado, superapavorado, davam-lhe pancadas, vindo a pergunta:

— Cadê as joias, desgraçado? Fala! Onde estão as joias?

O pobre homem soltava água até pelos ouvidos e novamente era imergido, a cara do inocente esfregada no fundo do tanque.

— Cadê as joias?

Ele apenas negava com a cabeça. Depois de várias imersões chegou o delegado. Deram um tempinho ao infeliz para respirar, tomar um fôlego, quando o delegado, um tenentão da cara amarrada, falou:

— É melhor o senhor dizer onde é que estão as joias, porque senão vai acabar morrendo afogado aí neste tanque.

Vicente, sem fala, limpou com as costas da mão os olhos vermelhos, congestionados, soprou um bocado de água pela boca e pelas narinas, reouve uma parte da fala, pediu um prazinho com um gesto de mão; o delegado consentindo, disse:

— O senhor, seu doutor, pode arranjar outro mergulhador porque eu não dei conta de ver joia nenhuma aí dentro desse tanque, não senhor!

VICENTE, RÁBULA MATREIRO

Esta história é tão boa que até já fizeram uma moda de viola com ela.

Vicente tinha um compadre confrontante com um sitiante da cidade, que usava o sítio somente nos fins de semanas, levando os amigos e celebrando bebedeiras homéricas. Acontece que um certo dia, justamente um sábado, o sitiante com os seus amigos saborearam três leitoas do compadre de Vicente, alegando que os porcos andavam soltos e invadiam a propriedade alheia. Havia mandado vários avisos para fechá-los; se não tomasse providências, cairiam no tiro e depois no espeto, como de fato caíram. O compadre ficou fulo e queria porque queria matar o desafeto, mas não prometia colocá-lo no espeto, como as leitoas, que ele não era antropófago, não era índio comedor de gente. Muitos aconselharam-no que não usasse de violência, que para infratores tem a lei. Servindo dos conselhos, deu parte na delegacia. O negócio foi enrolando, porque o desafeto era ex-vereador e tinha muita influência com as autoridades. Mas o dono dos porcos soltos alegava que quando havia arrombamento de cerca era sempre causado por animais do seu antagonista; e os animais passavam para o seu lado e ele os devolvia, consertando a cerca, sem nunca ter pedido um nada de adjutório do vizinho infrator. Mas porco solto sempre dá problema, porque lugar de porco é no chiqueiro, todo mundo sabia disso. Aí o caso virou processo de Fórum de Justiça. A demanda já lá ia por mais de três anos e nunca que resolvia, o compadre precisando demais da conta daqueles cobres da indenização.

Aí um dia, que sempre tem esse dia, chegou um novo juiz na Comarca, daqueles juízes concursados que chegam e querem resolver todas as pendências. Tudo o que era novo ficava separado, dando preferência para os processos antigos. Acontece que a maior parte dos processos não andava devido às influências políticas, a que os juízes acatavam. Diziam que esse novo juiz era novo no lugar e novo também na idade e no cargo, com uma mentalidade nova e não se deixaria levar pelo assédio dos titulares de processos engavetados por conveniência. O homem queria consertar o mundo, coisa muito natural com os novatos. Mas como política é política, sempre algum graúdo levava vantagem.

Agora ficou público e notório que o causídico não aceitava bola e nem agrado de espécie nenhuma. Ceder em alguma coisa pelo mexer dos pauzinhos dos políticos ainda vá lá, concordava com o promotor, mas a pessoa dele, juiz, era invulnerável. Não cutucasse com vara curta a sua honra, não, que nem o promotor seria atendido. Passava por cima dos autos, e o réu engraçadinho e adulador levava chumbo, mesmo. Não aceitava propinas e nem presentes.

Foi marcado o dia da audiência. Tudo indicava que o compadre iria perder, pois a outra parte contratara advogado competente, e ele iria ser defendido por indicação do Ministério Público, um advogado indicado pelo juiz.

O prejudicado, cujo nome era Joca, resolveu ir ter um papo com o compadre Vicente:

— Acho que vou perder a causa e ainda vou ter de pagar as perdas e os danos do desgraçado que comeu as minhas leitoas, e mais as despesas do Fórum e os 20% do advogado dele, que diz que nunca perdeu uma causa.

— Perde não, compadre Joca.

— Como o senhor pode afirmar que eu não perco, compadre Vicente, se nem advogado pago eu não tenho?

— Tem advogado, sim, como não tem?

— Quem é o meu advogado, compadre Vicente, o senhor conhece ele?

— Conheço demais da conta.

— Quem é?

— Eu.

— O senhor, compadre Vicente?

— Eu mesmo, compadre Joca. Se o senhor consentir.

— Consinto demais da conta, mas eu não sabia que o compadre era advogado...

— Não era, mas agora vou ser.

— Mas eu não tenho dinheiro pra pagar o senhor.

— Eu não cobro dinheiro, eu só cobro uma leitoa.

— Pois o senhor tem, meu compadre. Já perdi três, e não é mais uma que vai me pôr mais pobre. Mando trazer, quer dizer, eu mesmo trago ela *indagorinha*.

Vicente, assuntador da conversa dos outros, ficou sabendo que o novo juiz não aceitava agrado das partes e ameaçava até processar o ofertante. O desafeto do seu compadre, o ex-vereador, também sabia disso e não iria bancar o besta de tentar comprar o juiz.

No outro dia, dia da audiência, pela manhã, Vicente matou a leitoa, colocou as duas bandas da porquinha em folhas de bananeira, ajeitou nas bruacas no lombo da égua, e foi pra cidade.

Chegando em casa do doutor juiz, entregou a leitoa à empregada, dizendo que era um presente do ex-vereador ao Meritíssimo Senhor Doutor Juiz. E recomendou que entregasse, por especial favor, antes de o doutor ir para o Fórum.

FINAL

Ficam aqui, por enquanto, as histórias de Vicente — Vicente Carvalho — que não é o grande poeta santista do famoso soneto *Deixa-me Fonte*; porém, como vocês viram, é um grande criador de situações e respostas quase geniais e nem tanto ingênuas.

Deus seja louvado!

Bariani Ortencio nasceu em Igarapava (SP), em 1923. Foi registrado com o nome de Waldomiro, filho de Antonio Ortencio e Josefina Bariani. Reside em Goiânia desde 1938.

Foi alfaiate, jogador de futebol, professor de matemática, comerciante, industrial, fazendeiro e minerador. Hoje, aproveita seu tempo com literatura, música, pescaria no fabuloso rio Araguaia e... boas amizades.

Premiado várias vezes e finalista de diversos concursos na área de Letras, é cronista semanal do jornal *O popular* (Goiânia), participa do programa de TV "Frutos da Terra" (TV Anhanguera) e tem mais de vinte livros publicados, entre eles a *Cartilha do Folclore Brasileiro*, ganhador do prêmio João Ribeiro, da Academia Brasileira de Letras, e o *Dicionário do Brasil Central*.

Bariani escreveu *O homem que não teimava* para quem não gosta de ler o que não gosta. Porque ele sabe que só assim — lendo o que se gosta — jovens, adultos e idosos prosseguem na leitura.

Pela Coleção Jabuti, Bariani também escreveu *Ingênuo, nem tanto...* .